Francesca Benvenuto

DIESES MEER, DIESES UNERBITTLICHE MEER

Roman

Aus dem Italienischen
von Christine Ammann

Verlag Antje Kunstmann

Am Leben hängen die Leute mehr als an allem andren. Eigentlich lustig, wenn man sich überlegt, was für schöne Sachen es gibt auf der Welt.

Romain Gary

Für meine Mutter und meinen Vater

DER SCHLIESSER in meiner Abteilung ist echt nen Opfer, und das ist nicht dahingesagt, das stimmt echt voll.

Er heißt Costantino und hat im Mund keine Zähne. Nur zwei.

Er sieht grauenhaft aus.

Da draußen bei euch, also nicht im Knast, heißt der Schließer Vollzugsbeamter.

Und der ist hier der Boss. Ist das so klar?

Ich hab Signora Martina, unserer Lehrerin hier in Nisida, die uns Italienisch beibringt, was versprochen.

Ich hab ihr versprochen, aufzuschreiben, was ich denke. Auf Papier.

Dann legt sie beim Direktor ein gutes Wort für mich ein, hat sie gesagt, damit ich Weihnachten Ausgang krieg, zwei ganze Tage: am 24. abends und am 25. Dezember.

Aber was ich hier schreib, kukt sie noch an. Damit man es besser versteht. Weil eigentlich sprech ich Neapolitanisch.

Ich sags euch also gleich, das korrigiert noch eine.

Ich will ja keinen bescheißen.

Ich hab in meinem Leben geklaut, gedealt und sogar gemordet, aber nie einen beschissen.

Und nur so kann ich reden, ohne bescheißen.

Professoressa, das müssen wir also von Anfang an klarstellen.

Ich schreib alles auf, so wie ihr wollt. Und ihr gebt das allen zu lesen, so wie ihr wollt.

Aber ein zwei Fehler sollen ruhig drinbleiben, damit man sieht, das bin wirklich ich.

Das ist wichtig, dass das wirklich ich bin.

Sonst erkenn ich mich nicht wieder, wenn ich in den Spiegel guck.

Aber die Kommas könnt ihr ruhig reintun.

Damit kenn ich mich nicht aus, die mag ich ja nicht, das wisst ihr.

Ein Punkt hat mehr Würde.

Den 23. Oktober im Jahr 1991

JEDENFALLS heiß ich Zeno, was ein komischer Name ist.

Erstens, weil er mit Z anfängt, dem letzten Buchstaben im Alfabet.

Ich hätt mir nen andern gegeben, der einem Angst einjagt, wie Rambo oder was Amerikanisches.

Oder einen, der mit A anfängt, dem ersten Buchstaben, der sich im Alfabet für den allertollsten hält.

Aber ihr habt gesagt, Professoressa, Zeno ist ein schöner Name.

So heißt ein berühmter Typ in einem Buch, habt ihr gesagt. Der ununterbrochen raucht, genau wie ich, und einfach nicht aufhörn kann, obwohl er eigentlich will.

Der arme Typ is ja noch schlimmer dran als ich.

Ich versuchs nicht mal, weil mit ner Zigarette ist man wer, sonst wüsst ich gar nicht, wo ich die Hände hintun soll. Ich rauch, seit ich elf bin.

Ich soll das Buch über den »Raucher Zeno« lesen, mit dem Rauchen aufhören und an meine Gesundheit denken, habt ihr gesagt.

Aber da hab ich jetzt echt keine Zeit für, ich les das später. Versprochen, keine Sorge.

Also, ich sitz hier drinnen, was das Gegenteil von da draußen ist.

Ich sitz im Jugendknast von Nisida, weil ich hab ein umgebracht – abgeknallt, genauer gesagt.

Ich sag das extra, weil fürs Umbringen gibts nicht nur Pistolen, auch Messer, die bloßen Hände, Hände mit Handschuhen, ne Bombe, ein Fußtritt ins Gesicht. Wer einen umbringen will, hat viel Auswahl, wer sterben muss, eher weniger.

Ich hab einfach drei Schüsse abgefeuert, und der is tot umgefallen.

Ich saß auf meinem Roller, es war echt heiß. Ich bin gleich abgehauen, mitten durch Forcella, aber sie habn mich trotzdem geschnappt, weil alle haben mich gesehen und es war morgens.

In der Via Speranzella haben sie mich erwischt. Ein paar Stunden später habn sie es der Mamma gesagt, aber ich war nicht dabei.

Ich hab keine Ahnung, wie der Typ heißt, den ich umgebracht hab, vielleicht hatte er einen schönen Namen, besser wie meiner.

Der wollte mich erschießen, aber ich war schneller; mit der Knarre kenn ich mich aus, wers mir gezeigt hat, das kann ich aber nicht sagen.

Wie ich hier angekommen bin, hat mir die Vogelscheuche, also die Nonne im Gefängnis, gesagt, ich hätt den umsonst ermordet, weil der ist jetzt frei, aber ich sitze.

Kann mir das mal einer erklärn: Wärs etwa besser, ich wär tot?

Ich hab der Vogelscheuche gesagt:

»Keine Ahnung, ob der jetzt wirklich frei ist! Vielleicht gibts danach auch noch nen Knast, ihr könnt das gar nicht wissen, ihr Vogelscheuche. Ihr seid ja nicht tot. Leider. Zum Teufel mit euch!«

Da sah die Vogelscheuche aber alt aus. Mit dem »danach«, das soll ich besser Don Vicienzo fragen, hat sie gesagt, den Gefängnisseelsorger. Aber der ist sowieso ein Lügner. Nichts als Lügen erzählt der.

Für mich ist »Danach«, was nach dem Tod kommt.

Und das hat noch keiner gesehn, nicht mal die Pfaffen. Da war ja noch keiner, die denken sich nur Schwachsinn aus.

Und darum geht mir das Danach am A. vorbei, Professoressa.

Wir müssen ans Heute denken, basta.

SIE HABN MICH nach Nisida gesteckt, was mir echt nicht passt, das ist nämlich ne Insel. Wie Sizilien, aber winzig, und da gibts keine Stadt.

Ich wollt eigentlich nach Santa Maria Capua Vetere, weil der Knast liegt an einer Straße und nicht am Meer.

In Santa Maria Capua Vetere könnt ich Zettel verschicken, wie ich Bock hab. Ich könnt sie durchs Fenster schmeißen, die Antwort pfeffert mir dann einer vom Bürgersteig geradewegs ins Gesicht.

Da könnt ich sogar weiter Geschäfte machen, aber das erklär ich besser nicht.

Und ich könnt meiner Süßen, also meiner Freundin, Küsschen schicken. Von Natalina erzähl ich euch später.

Aber sie habn mich auf diese gottverlassene Insel hier gesteckt.

Dem Direktor hab ich gesagt, wenn in Santa Maria Capua Vetere ein Platz frei wird, muss er mich da unbedingt hinschicken und nicht den vermaledeiten Totore, ders echt nicht verdient hat.

Außerdem kommt Totore sowieso nächstes Jahr raus und nach Hause.

Und ich bin erst fünfzehn und noch zweieinhalb Jahre

hier, Tag für Tag, mit den anderen Minderjährigen und dem Meer.

Und danach, genauer gesagt am 3. August 1994, steckt ihr mich nach Poggioreale, Direttò, das wisst ihr genauso gut wie ich! So stehts geschrieben, und was geschrieben steht, is immer beschissen. Das ist also euer Geschenk, wenn ich volljährig werd.

Das Meer in Nisida ist wirklich zu nix zu gebrauchen.

Was solln wir damit? Wir brauchen was, was zu gebrauchen ist, sonst können wir uns irgendwann nur noch aufhängen, und das ist doch wohl nicht gerecht.

Wir dürfen nichmal drin baden, in dem bekackten Meer, weil ihr Angst habt, dass wir abhauen.

Wir dürfen es nur angucken.

Ich schwör, ich kann nichmal schwimmen, ich würd nicht abhauen. Ich geh nicht weiter rein, wie wo ich stehn kann. Und nur mit Luftmatratze, Schwimmärmchen und so.

Direttò, für den Fall, dass ihr das lest und es in Santa Maria Capua Vetere einen freien Platz gibt, sagt mir einfach bescheit, ich steh jederzeit bereit.

MAMMA IST EINE NUTTE.

Tschuldigung, Professoressa, aber ihr wisst ja, das stimmt, und wenn das jetzt vulgär ist, das ist nunmal ihr Beruf, anders kann ich das nicht sagen.

Keine Ahnung, ob sich die Leute wegen sowas aufregen.

Aber wenn ich alles aufschreiben soll, dann kann ich das nicht verheimlichen, dass Mamma anschaffen geht. Das ist wichtig.

Ist doch genauso eine Arbeit wie andere. Mamma macht das jedenfalls mit viel Würde.

Aber eigentlich weiß ich gar nicht, ob sie das noch macht oder aufgehört hat. Sie wird älter, und wenn die Kerle sie angucken, dann nicht mehr unanständig, eher mitleidig.

Jedenfalls ist Mamma nicht aus Berufung Hure geworden, das will ich ein für alle mal klarstellen, weil es gibt Frauen, die träumen da schon als Kind von. Ich will aber niemand verurteilen, jeder brennt für irgendwas.

Seit mein Vater im Knast sitzt, ist Mamma Hure, um Cash zu verdienen für sich und uns, ihre Kinder.

Doch sie steht da nicht als Einzigste in den Gassen.

In Forcella, dem Viertel, wo wir wohnen, stehen viele Huren, das können wir gar nicht verheimlichen.

Die kann man überall sehen.

Die stehen da, vor ihren Häusern, zu festen Zeiten. Alle kennen die, schon die Babys. Und vor allem die aus den Reichenvierteln, die so tun, als würden sie das nicht wissen, und allen erzählen, es gibt nur Mütter und Ehefrauen.

Aber das stimmt nicht.

Alle wissen, es gibt auch die andern.

Ich bin froh, dass Mamma auch noch das andere ist und alles drei zusammen schafft.

Seit ich hier bin, hab ich leider nix mehr von Mamma gehört, und das is jetzt schon über ein Jahr.

Aber ihr habt gesagt, Professoressa, Weihnachten holt sie mich für zwei Tage nach Hause, Heiligabend und am 25., und das ist gut, weil dann hat sie mich noch nicht vergessen.

Seine Kinder, sagt ihr immer, die kann man nicht vergessen.

Aber das stimmt nicht, die Zeit vergeht genauso für eine Mamma, die hat ihr eigenes Leben und ihre Sorgen. Ihr habt eure Tochter immer vor Augen, die könnt ihr nicht vergessen.

Aber meine Mamma nicht.

Wer weiß, vielleicht vergisst sie erst mein eines, dann mein anderes Auge, meine Nase, die Beine, die Arme, und am Ende muss sie mich erst wieder mühsam in ihrem Hirn zusammenpuzzeln. Ich hoffe, manchmal guckt sie ein Foto von mir an und frischt ihre Erinnerung auf.

Aber bei meinem Vater, da is es mir scheißegal, ob er mich vergisst.

Wer weiß, wo der überhaupt ist.

Ich weiß es natürlich, genau wie ihr.

Irgendwann wissen es doch immer alle.

Die Sozialarbeiterin hier, eine Idiotin, sagt immer, ich soll dem schreiben, meinem Vater.

Einen Brief.

Ich tu dann so, als tät ich nicht schreiben können. Bitte sagt ihr nicht, dass das nicht stimmt.

Ihr habt gesagt, Professoressa, dass die Sozialarbeiterin vielleicht dumm ist, aber eigentlich recht hat. Darum hab ich euch versprochen, dass ich Papà einen Brief schreib.

Aber nich jetzt.

Erst hat er in Poggioreale im Gefängnis gesessen, dann habn sie ihn nach Bergamo gesteckt, auch in den Knast. Er ist nich draußen gewesen.

Bergamo, das hab ich noch nie gehört gehabt.

Aber das gibt es, im Norden, habt ihr gesagt, wo es kalt, windig und neblig ist.

Ihr habt kein gutes Haar an Bergamo gelassen.

Hey, das kotzt euch echt an, was?

Ich hab auch eine Schwester, Vittoria, die auch mal Hure war, aber nur kurz, dann war sie nur noch Ehefrau.

Sie hat einen Typ geheiratet. Sein Namen kann ich nicht sagen, sonst bin ich tot. Aber alle nennen ihn O'Pelato, wegen der Glatze.

Der Kerl kotzt mich echt an. Ich war auch nicht auf der Hochzeit. Mamma auch nicht. Uns hat keiner eingeladen.

O' Pelato hat zu Vittoria gesagt, sie darf nich mehr mit mir reden, wenn ich wieder raus bin.

Aber das is mir scheißegal, ich red, mit wem ich will, egal, was der sagt.

Vor dem Ganzen hier hab ich für Vittoria und Mamma gesorgt, mit meinem Job.

Und Madonna sei dank, war ich bei meinem Business in den Gassen unterwegs und konnt also auf Mamma und meine Schwester aufpassen, also auf Vittoria, hab ja schon gesagt, dass sie so heißt, und wenn nicht, sag ichs hier nochmal.

Die Namen, die uns Mamma gegeben hat, sind irgendwie »adelig«.

Aber wir konnten nichts damit angefangen. Da konnten wir uns kein Schloss von kaufen, wie richtige Adlige. Dafür braucht man Geld, was wir nicht haben.

Wir waren also vier, dann nur noch drei, dann zwei, und jetzt ist meine Mamma ganz allein.

Mamma und Papà habn sich kennengelernt, da waren sie noch Piccirilli, also Kinder, auf dem Land bei Piscinola. Und bettelarm, noch ärmer wie wir jetzt. Mamma hat Mandarinen auf den Plantagen geklaut. Und Papà Knoblauch und Zwiebeln. Die habn sie am Markt verkauft. Und sich da kennengelernt. Und verknallt.

Also haben sie es gemacht. Im Bett, den Schmutzkram.

Aber sie warn zu jung dafür, und ihre Familien hätten ihnen am liebsten den Hals umgedreht, aber ich kann die beiden verstehen.

Wie Mamma gemerkt hat, dass sie schwanger ist, mit

Vittoria, war sie noch echt jung, noch jünger wie ihre Tochter, die sie erwartet hat.

Da sind sie weg von Piscinola. Sonst hätten ihre Eltern sie kaltgemacht, vor allem meine Mutter. Sie hatten nichts als 4000 Lire, ein paar Kartoffeln und ihre Liebe, aber die kann man nicht essen.

So sind sie in Forcella gelandet.

Sie habn einen in den Gassen gekannt, der hat Papà die Maloche verschafft.

Und irgendwann ist es gekommen, wie es kommen musste, für Papà gabs keinen andern Ausweg.

In Forcella, da habn wir in einem Basso gewohnt.

Ein Basso ist eine Wohnung, aber keine richtige, aber für die, wo da wohnen, schon. Es gibt eine Haustür, ein großes Bett, zwei Stühle und einen Tisch. Aber das alles gehört nicht uns, außer der eine Stuhl. Alles andere gehört Adriano Santacroce, das ist ein Wucherer.

Unsere Adresse kenn ich nicht wirklich.

Die Gasse hat keinen Namen und das Basso garantiert keine Nummer, es ist ja illegal. Für die Stadt Napoli gibt es uns gar nicht, was ja nicht stimmt. Es gibt uns wie alle andern, und wie, aber der Bürgermeister scheißt auf uns und spielt den Blinden.

Bevor dann alles anders war, habn wir alle vier in ein und demselben Bett geschlafen.

Jetzt pennt Vittoria im Bett von diesem Wichser.

Papà in Bergamo.

Ich hier.

Und Mamma is allein, noch immer im Basso.

Und bestimmt ist sie alt geworden.

Da kann man nix tun.

Die Zeit macht, was sie will, und für anständige Leute gibts keine Vorzugsbehandlung.

Aber wenn ihr mich fragt, gibts wegen dem Alter nix zu schämen, weil das trifft jeden. Mamma hat noch immer ein normales Alter, nicht zu alt und nicht zu jung.

Mamma ist eine echt tüchtige Frau. Sie hat uns immer in den Arm genommen und genauso eine geknallt, weil sie hat auch den Vater ersetzt, obwohl sie doch eine Frau ist und kein Kerl.

Wenn ihr mit Mamma redet, Professoressa, dann sagt ihr bitte, ich lieb sie noch immer.

Auch wenn wir uns nicht sehen.

Auch wenn sie älter wird.

Weil da kann sie ja nichts für.

WIR HABN HIER DRIN keine Freunde, das ist verboten.

Dann würden wir nen Aufstand machen, denken die, wir würden uns zusammenrotten und die Schließer verprügeln.

Wir tun so, als täten die andern uns ankotzen. Aber eigentlich habn wir Gruppen hier.

Wer zu unserer Gruppe gehört, zu dem sind wir nett. Zu den andern nicht.

Aber ein paar hier find ich schon okay, wie normale Freunde.

Marietto zum Beispiel, den find ich okay, aber auch Corradino, die Schwuchtel, die wir hier Arschficker nennen, aber das ist vulgär und das soll man nicht sagen.

Die beiden sind meine Schützlinge und schlafen in meiner Zelle. Wehe, einer macht sich über die lustig, dann kriegt er es mit mir zu tun.

Andere kotzen mich wirklich an, da muss ich nicht so tun als ob. Echt nicht.

Wie Totore, den ich hasse, den alle hassen, die Schließer, die Jungs und sogar die Lehrer.

Dem könnt ich von morgens bis abends eins in die Fresse geben.

Ihr kennt den auch, Professoressa.

Er hat die Sexsucht, und das können wir hier nicht akzeptieren. Wir haben alle eine Mamma, ne Schwester.

Oder zumindest ne Tante.

Er ist immer geil und grabscht alle Weiber an. Dabei ist er erst fünfzehn, wie ich.

Auch die Schließer kotzen mich an, aber nicht ganz so wie Totore.

Und nicht alle, manche sind echt nett, anständige Menschen, obwohl sie Schließer sind.

Vor allem Franco.

Franco ist vierzig oder sechzig.

Und so groß wie ein Berg. Mamma hat immer gesagt: »Größe ist die halbe Schönheit!« Aber Franco kannste trotz Größe echt ins Klo spülen.

Doch er ist ein guter Mann.

Franco hatte einen kriminellen Vater und wollte sich reinwaschen. Habt ihr das gewusst? Sein Vater hat sogar einen oder zwei kaltgemacht.

Aber das dürft ihr keinem weitersagen, weil da schämt Franco sich für. Und dann bin ich bei den andern hier die Ratte, die Geheimnisse verrät, sowas tu ich nie!

Franco wollte schon immer gern dem »Nächsten« helfen und die »Nächsten« sind hier wir, die Häftlinge.

Er hätt genauso den »Nächsten« in der Kirche helfen können, wie die Pfaffen, aber er ist nicht wirklich gläubig. Nur ein bisschen, aus Aberglauben, man kann ja nie wissen. In seiner Hosentasche hat er ein Rosenkranz stecken, gegen den bösen Blick, das beruhigt ihn.

Franco hat studiert, damit er ins Gefängnis gehen kann, aber nicht in Ketten wie ich, eher so wie ihr, Professoressa.

Ihr habt aber viel mehr studiert wie er, ihr redet besser und wisst viel mehr. Ihr seid echt klug! Bei Franco, von Klugheit keine Spur. Der redet Neapolitanisch, genau wie wir.

Er schämt sich für seine Vergangenheit und seinen kriminellen Vater. Davon erzählt er keinem. Aber mir sagt er es andauernd, dass sein Papà im Knast gesessen hat und sogar da gestorben ist.

Keiner zwingt einen, kriminell zu werden, sagt er, auch nicht, wenn der Vater kriminell ist. Ich kann mich genauso reinwaschen wie er, ganz ohne Seife.

Ich hab ihm aber geantwortet, mein Beruf gefällt mir, ohne seinen zu beleidigen.

Und das stimmt einfach.

Ich tu das nicht, weil mein Vater das gemacht hat, ich hab mich dafür entschieden. Und kann es sogar viel besser wie er.

Ihr seid da anderer Meinung, Professoressa, ich weiß. Ihr sagt immer, ich wurde »verleitet«.

Aber das stimmt nicht.

Keiner hat mich verleitet.

Ich hab meine Würde.

Doch außer Franco gibt es in meiner Abteilung noch einen Schließer, Costantino, der ist echt ein Scheißtyp, hab ich ja schon gesagt.

Er ist von allen der Schlimmste. Der soll sich einfach

nur die Radieschen von unten angucken, aber noch tot wär der ein schlechter Mensch. Er hat eine schwarze Seele.

Über Costantino könnt man einen Horrorfilm drehen.

Seine Augen sehen aus wie zwei Gullys.

Costantino macht die Maloche hier nicht, weil er das gern macht, der will sich nur austoben.

Er schleudert uns Flüche an den Kopf, gibt uns Ohrfeigen und Fußtritte. Er spuckt uns sogar ins Gesicht, das ist doch echt ekelhaft, was is denn das fürn Scheißbenehmen?

Wir sollen dem Direktor Meldung machen, sagt ihr immer, Professoressa, weil das ein Verbrechen ist, auch wenn wir die Opfer sind.

Aber was fürne Meldung denn, Professoressa?

Ich kotze Costantino echt an, mehr als alle andern, weil ich einen umgebracht hab, und das kann er nicht akzeptieren.

Wie er noch jung war, haben sie seinen Bruder abgestochen, bei einem Streit in Pallonetto.

Das hat mir Franco gesagt.

Tschuldigung, aber was geht mich das an?

Hab ich den abgestochen?

Da war ich nichmal geborn!

Doch da scheißt der drauf, dass ich nichmal geborn war, und verdammt mich noch für seinen Bruder sein Tod.

Wenn ich in Costantino seine Nähe komm, trällert er jedes Mal:

Mach, süßer Nazarener, dass ich Zeno nicht mehr seh'
Mach, süßer guter Jesu, dass es Zeno nicht mehr gibt.

Dem würd ich am liebsten die Fresse polieren, aber das
geht nicht, das würd alles nur noch schlimmer machen.
Aber wenn er trällert, kraul ich mir die Eier.

Mit dem Klauen angefangen hab ich, da war ich zehn.

Ich weiß, das haut euch jetzt um, Professoressa, aber so war das, das ist einfach die Wahrheit.

Klauen konnt ich gut. Ich hab Autos, Räder, Felgen, Radios geklaut. Wohnungen hab ich aber nie geknackt, das war nicht mein Gebiet.

Wie ich dann ein bisschen älter war, hab ich auch Raubüberfälle mit der Knarre gemacht.

Wie man die benutzt und rumträgt, das hat mir Ciccio o' Fetus' gezeigt, ein größerer Junge aus Forcella, aber das dürft ihr keinem sagen.

Er hat den Kleineren gern so was beigebracht, dann konnt er sich wichtig fühlen. Wenn man andern was beibringt, fühlt man sich immer ein bisschen mächtig, oder Professoressa?

Einmal habt ihr mich gefragt, ob es das wert war, diese ganzen Verbrechen, die ich in meinem Leben begangen hab.

Darauf hab ich keine Antwort gewusst und also nix gesagt.

Aber dann habt ihr mir erzählt, was ihr verdient, dafür dass ihr jeden Tag herkommt, unterrichtet und euch tot macht.

Das is ja das reinste Almosen!

Eine echte Schande ist das.

Aber nicht ihr müsst euch schämen!

Schämen müssen sich die, die euch bezahlen.

Ihr habt gesagt, das ist der Staat.

Dann muss der sich schämen.

Ihr müht euch ab und engiagiert euch sogar. Aber wie könnt ihr überhaupt eure Tochter ernähren, mit dem bisschen, was ihr da kriegt? Sagt mir einfach, wenn wir was für euch tun können. Ich hab draußen noch immer jede Menge Kontakte, ich kann für euren Mann einen kleinen Nebenjob finden, wenn ihr wollt.

Was ihr in einem Monat kriegt, hab ich draußen in zwei Tagen verdient. Wenn überhaupt.

Also, wenn die Mathematik zu irgendwas taugen soll, dann könnt ihr ganz beruhigt sein: die Verbrechen haben sich gelohnt!

Und wie.

Und der Stoff war gut, den ich vertickt hab.

Auch als Taschendieb hatte ich ein gutes Auge.

Zum Beispiel Professoressa, die Ohrringe, die ihr letztes Jahr anhattet.

Gold, leicht rund, erinnert ihr euch?

Die warn echt, das hab ich genau gesehen. Echte Perlen, echtes Gold. Qualitätsgedöns.

Ich hab euch gefragt, aber ihr habt mir eine Lüge aufgetischt, da kannten wir uns ja noch nicht, ich bin gefährlich, habt ihr gedacht.

Es ist wertloser Tant, habt ihr gesagt.

Aber das stimmte nicht.

Wärn wir uns damals draußen begegnet in Forcella, hätt ich sie runtergerissen vom Ohr und eingesackt.

Aber gar nicht böse gemeint, das war einfach mein Beruf.

Umso besser, dass wir uns erst hier drinnen begegnet sind, Professoressa.

Den zweiten November 1991, also Allerselen

HEUTE IST ALLERSELEN.

Also der Tag für die toten Selen, und die lebenden müssen einfach die Klappe halten.

Ich hab das nie kapiert, wieso wir den Tod feiern von unseren Toten, euren, allen Toten auf der ganzen Welt, also allen zusammen, wo die sich doch dann Konkurrenz machen.

Bei mir hat keiner im November ins Gras gebissen. In meiner Familie gibts nur Sommertote.

Aber Corradino hat einen Narren gefressen an diesem Allerselen. Seine Mamma ist tot. Das ist ein schöner Tag, findet er, wo wir ohne Unterschied an alle Selen denken, egal ob ermordet, alt, jung, klein, groß, Frau, Kerl oder Schwuchtel.

Corradino redet ständig von Toten und Geistern. Unterm Bett, in unserer Zelle, sammelt er Fotos von Heiligen und Madonnen und von Toten, aber wie sie noch gelebt haben. Er hat auch ein riesiges Heiligenfigürchen mit Glatze, das ich echt nur schrecklich finde, aber das ist nichts Persönliches.

Corrado betet so viel, wie wenns ein Sport wär.

Und er versteht sich aufs Kartenlegen, er kann auch aus der Hand und den Augen lesen.

Und dir haargenau sagen, was ein Traum bedeutet, auch wenns was Komisches ist.

Er ist fünfzehn, genau wie ich. Aber Corrado kommt bald raus, im Februar. Ich nicht.

Corrado kann nicht im Frauentrakt wohnen, dafür hat er das falsche Teil.

Er wollte eigentlich als Frau auf die Welt kommen, aber Gott hat ihm dieses geile Geschenk gemacht, das man nicht einfach so stornieren kann.

Er ist ein echter Kerl.

Wie ich mir meine Knastposition hier erkämpft hatte, hab ich mir ein neapolitanisches Kartenspiel besorgt.

Habs den Schließern geklaut.

Das hab ich ihm geschenkt, damit er Wahrsagerin sein kann, das macht er gern.

Nur das Ass von den Stäben und die Fünf von den Schwertern hat gefehlt. Dafür hab ich Paninibildchen von Ciro Ferrara und Maradona reingesteckt. Das geht genauso, hat Corradino gesagt, die sind eigentlich noch besser wie normale Karten und viel mehr wert.

Corrado kommt aus Pompeji. Aber nicht aus dem alten Pompeji mit der Lava, aus dem neuen mit der Camorra. Und der Camorra-Boss ist Corradino sein Vater.

Er heißt Totonno Palumbo.

Und wenn ihr den nicht kennt, dann gehört ihr ganz bestimmt zu den anständigen Leuten.

Ganz Napoli und Umgebung fürchtet ihn.

Er ist Mörder und Boss. Er hat überall die Finger drin,

in kriminellen Geschäften, Hehlerei und Verbrechen. Corradino gehört von allen hier drin zur gefährlichsten, mächtigsten Familie.

Draußen war er echt kriminell, ein großes Tier. Nicht wie ich, der nur angestellt war.

Corradino ist Seite an Seite mit seinem Vater durch Pompeji gelaufen und alle haben im Vorbeigehen gegrüßt, die mussten sich nicht erst vorstellen.

Doch Corradino mag Jungs wie ich Weiber.

Totonno Palumbo hat das nie akzeptiert. Er ist Rassist, wenns um Schwuchteln geht, aber auch bei Schwarzen, Chinesen, Weibern (seine Frau hat er nach Strich und Faden betrogen) und manchmal auch bei Albanern, aber das hängt davon ab.

Corrado hat das also versteckt, so gut, dass ers fast selbst geglaubt hat.

Aber dann hat er sich in einen Jungen verknallt, der hat Fisch verkauft in Pompeji. Wie der heißt, weiß er nicht, das hat er vergessen, sagt er, aber das stimmt nicht, weil wie soll das gehen?

Und als er mit dem gegangen ist, konnt er das nich mehr verstecken. Die Liebe ist ihm dazwischengekommen, weil die ist Schicksal, die zeigt sich einfach überall, da weißt du nicht, was du machen sollst.

Da hat Totonno Palumbo es gemerkt und wollt ihn abknallen. Der Fischverkäufer ist abgehauen und wie ein Penner durch Napoli gezogen, den hat keiner mehr gesehen.

Aber Corrado ist geblieben und damit sein Vater ihn nicht kaltmacht, hat seine Mamma, Carmela, ihn angezeigt.

Sie ist zu den Bullen gegangen und hat gesagt: »Mein Sohn ist ein Dreckskerl, der dealt.« Sie hat ihren Sohn in den Knast befördert.

Aber wie sich das mit der Anzeige rumgesprochen hat, hat sie einer totgeschossen, mitten ins Gesicht, wer, das weiß man nicht, aber am Ende weiß mans doch, und ob.

Und Corrado war schon auf der Insel.

Er konnt nicht mal zur Beerdigung. Er hat sich nicht verabschiedet.

Corrado hat also ein sehr besonderes Verhältnis zum Tod. Manchmal redet er davon und wir scheißen uns alle in die Hose.

Aber er ist nicht verrückt, er erzählt das wie das Normalste von der Welt, wie wenn der Tod einer von uns ist oder von euch. Er sieht den Tod durch Nisida spazieren, treppauf, treppab. Aber nie sagt er uns, wie er aussieht, ob er was anhat oder nackt ist, Kerl oder Weib, ob er Haare hat oder ne Glatze. Er guckt uns an und sagt: »Der Tod ist der Tod, Punkt aus.«

Corradino hat magische Kräfte, meint Franco, weil er hatte ne Tante, die war genauso: Sie hat die Zukunft vorhergesagt und Geister gesehen.

Darum lässt er sich von Corrado jede Woche die Karten legen.

Franco hat nämlich einen Haufen Probleme. Jeden

Morgen, wenn er aufschließt, zählt er sie alle auf. So kann er besser genießen, was der Tag an Freuden bringt, sagt er.

Aber da hab ich langsam die Nase voll von. Weil seine Probleme, die kennen wir schon in- und auswendig.

Franco hat

Cholesterin
Einen gleichgültigen Sohn, Pino
Eine Hypothek
Und ist der Gehörnte.

Corradino reißt aber nie der Geduldsfaden, dazu hat er Franco einfach zu gern. Darum legt er ihm jede Woche wieder die Tarotkarten. Und hat immer gute Neuigkeiten für ihn.

Nur weil er nett sein will, wenn ihr mich fragt.

Manchmal zieht er eine Karte und die liegt verkehrtrum, dann kann es gar keine gute Neuigkeit sein. Die ist dann verdreht.

Aber das stimmt nicht, sagt Corrado. Auch umgedrehte Karten sind okay, Franco kann seine Probleme in den Griff kriegen.

Nur nicht unbedingt alle gleichzeitig.

Eins nach dem andern.

Weil sonst kriegt er es mit der Angst zu tun.

Manchmal liest Corrado auch den Himmel, die Sterne, die Planeten und alles.

Am zehnten August, hat Corradino gesagt, da fallen die Sternschnuppen vom Himmel, aber nur vielleicht, das ist kein Muss. Aber er hat sich in unserer Zelle vors Fenster gehängt, wollte sich was wünschen, er glaubt an sowas.

Er hat hochgestarrt, aber die Sterne haben sich nicht von der Stelle gerührt, das habn die doch extra gemacht!

Ich hab ihm ein bisschen Gesellschaft geleistet, weil er war so enttäuscht.

Auch Marietto ist noch gekommen und wir haben zusammen geguckt, ob sich nicht doch einer erbarmt.

Aber nichts.

Nich mal nen Fitzelchen von Stern ist tot umgefallen.

Übrigens Professoressa, wo landen die überhaupt, wenn einer vom Himmel fällt? Doch bestimmt in den Taschen von Leuten, die das gar nicht verdient haben!

Ich bin noch ein Junge, aber schon ein bisschen ein Mann.

Das hängt davon ab, wie ihr mit mir redet oder mich anguckt.

Aber früher irgendwann war ich wirklich noch ein Piccirillo, ein Kind, ein kleines Kind. Daran kann ich mich aber nicht erinnern, das ist auch besser so, weil Papà hat mich oft vermöbelt.

Dann bin ich größer geworden, und seit da erinner ich mich an alles, besonders an die Schläge.

Ich erinner mich, dass ich zum Beispiel nicht viel Spielzeug hatte, weil unsere Familie hatte keine Kohle.

Nur nen Super Santos, den hatte ich, ein Ball.

Den hab ich an die Mauer geschossen, gegenüber von unserem Basso, wie wenn ich Pelé wär. Mit zwei anderen Losern hab ich um die Wette geschossen. Bei wem der meiste Putz von der Wand gebröckelt ist, der hat gewonnen.

Einmal sind zwei Bullen vorbeispaziert und habn gesagt, wir, also ich und die beiden andern, würden eh bald im Knast landen; am Ende habn sie recht behalten.

Ich war also nur einmal wirklich klein, früher, vor langer Zeit, als ich den Super Santos hatte.

Danach musste ich erwachsen werden.

Endgültig groß geworden bin ich mit haargenau zehn.

Und ich hab Glück gehabt, andere im Viertel müssen schon mit fünf groß sein.

Als Papà in den Knast gewandert ist, in den Süden, dann den Norden, nie in die Mitte, hab ich die Verantwortung übernommen. Seitdem bin ich nie mehr Kind gewesen. Und hab nix mehr gespielt.

Ich musste an meine Familie denken. Sollte ich Mamma und meine Schwester etwa allein lassen, ohne Geld und mit einem Haufen Probleme?

Zum Glück hab ich den Job gefunden, und Vittoria hat den fetten Glatzkopf geheiratet, von dem ich euch erzählt hab, aber der bietet ihr ein schönes Leben.

Doch Mamma und ich haben weiter in der Scheiße gelebt.

Vittoria ihr Mann findet uns zum Kotzen, weil wir Loser sind.

Genau das hat er gesagt, wir sind »Loser«, als hätte man das Wort extra für uns erfunden.

Nicht, weil wir kriminell sind.

Das ist O' Pelat' genauso, noch mehr als wir.

Nur sein Business ist besser wie unseres. Das sind Geschäfte von Reichen und Mächtigen. Darum schlägt er sich auch besser durch wie wir und hält sich für besser, vor allem wie ich, der Passanten abzieht und Drogen vertickt.

Vittoria ist nich mal zum Prozess gekommen.

Mamma hatte ihren Mann gefragt, ob er nicht einen guten Anwalt für mich bezahlen kann. Aber der hat nur gesagt, am besten krieg ich die Höchststrafe und einen billigen Rechtsverdreher, und genauso ist es gekommen.

Vittoria hat schon zwei Kinder von diesem Wichser.

Meine Mamma ist also schon Oma und noch so jung! Jünger wie ihr vielleicht, Professoressa, und ihr seid nur Mamma.

Und ich bin schon Onkel, aber das zählt nicht, weil ich sitze.

Ich bin mir nicht sicher, ob wir im Knast hier noch Sohn und Bruder und Onkel sind oder nichts mehr davon.

Mamma hat mich wie ein normales Kind erzogen, aber das hätt sie vielleicht besser nicht getan.

Hätt sie mir beigebracht, wie ich bekloppt und bescheuert werde, wär ich jetzt nicht schuldfähig und der Richter würd sagen, ich bin unfähig, und man würd mich ins Irrenhaus stecken.

Sie würden mich früher rauslassen, und ich wär wieder frei.

So wie der Rinuccio hier, der schon vor ewiger Zeit den Verstand verloren hat.

Er ist erst seit ein paar Monaten hier, aber kommt schon nach einem Jahr wieder raus und das wars.

Er hat einen normalen Verstand und einen, der verrückt spielt. Das ist sein Problem.

Wenn er die Strafe abgesessen hat nächstes Jahr, dann kommt er in so eine psychatrische Anstalt, wo die Gedanken geheilt werden.

Manchmal steht er in unserem Trakt und hebt die Hand, wie wenn er jemand winkt.

Und wenn wir ihn fragen:

»Rinù, wem winkst du denn?«, dann guckt er uns komisch an und sagt, wir sind ja bekloppt, weil er hat doch keinem gewunken!

Er gibt doch nur Zeichen, damit die Straßenbahn hält, er muss zur Piazza Dante.

Rinù wartet und wartet, aber diese verdammte Bahn in unserem Trakt kommt einfach nicht!

Im Prozess hat mein Anwalt nie gesagt, dass ich bekloppt bin so wie Rinuccio.

Ganz im Gegenteil.

Ich bin ein kluger Kerl, hat er gesagt, und gebe »Anlass zur Hoffnung«, aber das stimmt nicht, Professoressa.

Und der hat das genauso wenig geglaubt, das konnte man sehen.

Dann hat er meine Familie nach Strich und Faden verteufelt und das Viertel, in dem ich gewohnt hab.

Den Richtern hat er geradewegs ins Gesicht gesagt:

»Dieser Zeno Iaccarino hier is im tiefsten Forcella aufgewachsen, einem Scheißort ohne Spielplätze und Parks.«

Aber ehrlich gesagt, damit hat er recht.

Dann hat er gesagt:

»Noch nie hat jemand dem armen Zeno etwas geschenkt.«

Und da hat er auch recht, weil das stimmt echt.

Doch dann, zum Schluss, hat er was echt Schlimmes gesagt:

»Dieser Zeno hier wurde von seiner Familie nicht ausreichend geliebt, und darum steht er heute als Gefängnisinsasse und Mörder vor Ihnen!«

Da hätt ich dem am liebsten eins in die Fresse gehauen, dem und seinem ganzen Gesocks, weil mir hat nichts gefehlt bei meiner Mamma, und am allerwenigsten die Liebe.

Aber das kapiert der nicht, dieser Anwalt.

Weil bei Liebe, da denkt der an was ganz anderes: an Geschenke, leckere Restaurants, Schmuck!

Der weiß das nicht, aber die Liebe is nich reich, die Liebe is bettelarm, genau wie ich.

Aber wahrscheinlich nicht wie er und die Richter.

Und darum hat er allen gesagt, dass mich keiner liebt.

Nicht mal meine Mamma.

Und darum is mit mir alles schiefgelaufen.

Das hat er immer wieder so laut gebrüllt, dass sogar ich das geglaubt hab!

Aber dann bin ich zur Vernunft gekommen.

Professoressa, ich hätt mich besser selbst verteidigt.

Weil und das schwöre ich hier schriftlich, bei uns Zuhause hats an Geld gefehlt, an Essen, sogar am Wasser, weil das kommt so dreckig aus der Leitung, dass man sich nich mal mit waschen kann.

Aber an Liebe, da hats nie gefehlt.

Das hätte der Anwalt mal sagen sollen.

Weil das einzigste, was meine Familie gerettet hat, das ist die Liebe, ansonsten taugen wir für nix.

Obwohl hätt der Anwalt das gesagt, hätten sie mir wohl noch mehr aufgebrummt, stimmts?

Aber ich scheiß darauf, weil das ist die Wahrheit.

Und wenns um die Wahrheit geht, darf man nicht lügen.

EINMAL IN DER WOCHE gibts hier drinnen Pizza von draußen, dann sind wir vor Freude ganz aus dem Häuschen.

Donnerstags, so wie heute.

Schon am Morgen freuen wir uns wie verrückt, weil wir bald was Geiles essen und nicht den üblichen Müll.

Die verbieten hier ja sogar Schokolade.

Aber ihr seid ein guter Mensch, Professoressa, und schenkt uns manchmal heimlich welche. Das könnt ihr aber auch streichen, wenn ihr wollt, falls es sonst Probleme mit dem Direktor gibt. Ihr könnt das ruhig machen, auch ohne meine Erlaubnis.

Am meisten freut sich am Donnerstag immer Marietto.

Schon bevor der gestorben ist, ist der auf bestem Wege dahin, weil er ist dürr, hat keine Zähne und die, die er hat, sind schwarz. Sein Gesicht ist so grauenhaft, da kriegts sogar ein Gespenst mit der Angst zu tun.

Marietto kannste echt ins Klo spülen.

Wie er klein war, habn sie ihn auf der Straße aufgeklaubt, wie einen Hund. Er hat in einer Kirche gewohnt, aber da ist er abgehaun und hat wie die Zigeuner gelebt.

Marietto ist also Waise, das lässt er aber eher nicht raushängen. Er hat sich dran gewöhnt, das ist sein Leben.

Er findets nur ziemlich schade, dass er keinen kennt, dem er ähnlich sieht. So eine Ähnlichkeit ist ja immer schön.

Marietto hat auf den Märkten und in den Läden was zu essen geklaut: Kuchen, Erdbeeren, Kartoffeln, Rübchen, Brot, Eier und ab und zu ein Päckchen Zigaretten, was is das sonst fürn Leben?

Ein verdammtes Scheißleben!

Sie habn ihn geschnappt, wie er im Supermarkt in Mergellina was Essbares hat mitgehn lassen.

Und habn ihn trotzdem verknackt.

Dabei hatte Marietto nur Kohldampf! Was sollt er denn machen?

Verrecken?

Solln die doch alle verrecken!

Marietto ist der Einzigste, der nich rauswill, nie mehr, weil hier hat er nen Schlafplatz und zu essen, auch wenns zum Kotzen ist.

Hier in Nisida gibts:

Frühstück, zweites Frühstück, Mittagessen, Kaffeepause und Abendessen.

Marietto kanns kaum glauben, wo er draußen nie genug gehabt hat. Ihr kriegt massenhaft zu fressen! Ihr habts doch gut hier!, sagt er immer.

Bullshit!

Sie behandeln uns wie Tiere, nur Marietto findet alles besser in Nisida, wie ein geiles Fünf-Sterne-Hotel, weil vorher ist es ihm noch schlechter gegangen.

Ich hätt ihn nie in den Knast gesteckt, weil er muss doch fressen und trinken, er muss doch leben.

Aber die Richter verknacken uns ja mit voller Wampe.

Vor Marietto seinem Prozess hätt ich die mal einen Monat voll hungern lassen.

Professoressa, ihr sagt immer, die »Gesellschaft« will keine »Abweichungen«, auch nicht bei Minderjährigen, und darum steckt sie kleine Jungs ins Gefängnis, die nix Schlimmes getan haben und einfach nur Hunger und Durst hatten.

Ihr redet immer von dieser »Abweichung« und sagt, es ist wichtig, dass die Gesellschaft sieht, was in Nisida und unseren Schädeln los ist.

Die Gesellschaft, von der ihr redet, ist also woanders, nicht in Nisida, so viel hab ich verstanden.

Und sie setzt hier nie einen Fuß rein, um zu sehen, wer wir sind.

Aber dann stellt mir diese »Gesellschaft« doch mal vor, Professoressa, dann bring ich ihr Manieren und das echte Leben bei.

Ich spuck der Gesellschaft in die Fresse, wenn sie uns nicht versteht, wie sie behauptet.

Das stimmt nämlich gar nicht.

Die versteht uns sogar sehr gut, wir sprechen ja nicht Arabisch oder Chinesisch. Die Gesellschaft spricht genauso Dialekt wie wir. Allerdings nur heimlich.

Ihr, Professoressa, setzt einen Fuß nach Nisida.

Ihr seid nicht die »Gesellschaft«.

Ihr seid viel besser.

Der Knast ist der reinste Müll, und damit das draußen alle wissen, schreibe ich das hier auf.

Aber auch wenns hier drinnen zum Kotzen ist, Marietto ist zufrieden.

Wenn er rauskommt, hat er gesagt, lässt er sich sofort wieder schnappen, weil es geht uns gut hier auf der Insel, wo wir im Warmen fressen und schlafen.

Wisst ihr, Marietto tut mir leid, ich geb ihm immer ein Stück Pizza mehr, wenn Donnerstag ist. Weil auch wenn er isst, er sieht immer hungrig aus.

Aber das darf keiner merken, dass ich ihm das geb.

Das weiß er genau.

Das darf sich nicht rumsprechen, dass ich Mitleid hab mit Marietto, sonst verlier ich meine Position und meine Würde.

Die fürchten mich hier alle, weil ich hab eine tadellose Vergangenheit und einen kaltgemacht, alle glauben nämlich, dann kann ich kaltmachen, wen ich will. Auch hier drinnen. Die glauben, ich kenn kein Mitleid. Mit keinem.

Wenn ich mit der Knarre rumgelaufen bin, dann hat das seinen Grund gehabt.

Die tun gut dran, dass sie Angst haben.

Wenn ich könnt, würd ich denen allen in die Fresse schießen.

Ich würd mitten in die Fresse ballern, weil ich bin ein harter Typ, echt hart.

Ich würd sie foltern.

Ich würd Beine und Finger und Zehen zertrümmern, hübsch einzeln der Reihe nach.

Nur Marietto und Corrado würd ich verschonen.

Und euch, Professoressa.

Und Franco, nie im Leben.

Und den in der Kantine, weil wenn wir Hunger haben, gibt der uns immer eine echt gute Portion.

Neulich war Sonntag, und Don Vicienzo hat überge-
setzt und die Messe gelesen.

Er ist der Gefängnisseelsorger.

Don Vicienzo ist eigentlich in der Sakristei von Chiaia,
da isses schön. Darum hat er nie Bock, wenn er kommt, die
Leute in Chiaia begehen keine schlimmen Sünden, da hat
er weniger Arbeit.

Er hat keine Lust zu malochen. Er ist alt und hässlich,
aber bestimmt war er schon sein ganzes Leben lang alt.

Don Vicienzo hasst uns alle hier drin.

Abdu kann er am wenigsten ausstehen, der hat keine
Papiere, ist also illegal und hoffnungslos.

Er ist sechzehn.

Ihr habt aber gesagt, Professoressa, dass wir zu Abdu
besonders nett sein müssen.

Leute wie er haben eine »Reise« hinter sich, sie kommen in Lastwagen, zwischen Benzin versteckt, nach Italien,
und suchen hier das Glück. Geraten dann an die Falschen,
schlucken Drogen, spucken auf den Boden, prügeln sich
und sterben arm.

Was fürn Scheißglück!

Abdu geht Don Vicienzo auf die Eier, weil er unsere
Sprache nicht kann. Der Pfaffe glaubt, Gott spricht nur Ita-

lienisch, aber das weiß doch jeder, dass das nicht wahr ist. Was wärn das sonst fürn Gott, einer so wie ich oder ihr? Wohl eher wie ihr.

Aber Don Vicienzo ist kein Rassist. Auch Weiße kotzen den an.

Ich kotze ihn mehr an als alle andern.

Ich bin noch schlimmer wie alle anderen, sagt er, weil ich bin nicht nur Mörder, ich bin auch noch Hurensohn, was jeder weiß – es steht mir ins Gesicht geschrieben.

Eine Hure ist für den noch viel schlimmer als ein Mörder.

Solche Frauen will man nicht mal in der Kirche sehen, sagt er. Die würd er sofort erkennen, meilenweit, wie wenn er einen Hurenradar hätte.

Mamma geht immer in die Messe, sag ich ihm dann, der Priester in der Kapelle von Forcella, wo wir wohnen, ist ein guter Mann, er scheißt auf die Berufe. Seine Kirche ist fast direkt in unserer Gasse, zwischen zwei kaputten Häusern, wenn du nicht aufpasst, denkst du, das wär ein ganz normales Haus.

Mamma hat mich da sogar getauft, und ich hab auch die Kommunion. Aber die Firmung nicht, da hatt ich keine Zeit für.

Aber für Don Vicienzo gilt das nich, im Gegenteil: Ich durfte nicht zu den Sakramenten. Das ist doch eine Riesentodsünde.

Wenn einer schlecht ist, denkt er, kann er sich nicht ändern, und wenn er mit heiligem Wasser duscht.

Jedenfalls, bei dieser Sonntagsmesse, was keine echte Messe ist, weil wir statt in der Kirche im Knast sind, hat Don Vicienzo eine Predigt gehalten; eine Predigt ist, wenn du denkst, die Messe ist endlich zu Ende, und der Pfaffe fängt an zu labern und hört gar nicht mehr auf.

Don Vicienzo hat gelabert und gelabert, aber nicht auf den Boden gespuckt dabei.

Wir wärn am liebsten auf der Stelle tot umgefallen.

Sogar der Direktor ist eingepennt.

Aber Don Vicienzo hat nix gemerkt. Wenn er einmal ins Labern kommt, isses, als wenn er vollgedrönt ist oder vom Teufel besessen.

Dann spricht er wild durcheinander Italienisch und Lateinisch und andere Sprachen.

Jedenfalls in der Predigt hat Don Vicienzo uns erklärt, Gott hat uns nach seinem »Ebenbild« gemacht, und Marietto war froh, weil dann ähnelt er wenigstens einem.

Dann hat der Priester noch gesagt, dass das Jahr langsam zu Ende geht, aber um das zu kapieren, muss man kein Herrgott sein, einfach nur in den Kalender glotzen.

»Bereut eure Sünden!«, hat Don Vicienzo gekreischt. »Bittet um Vergebung, damit Gott euch auf den rechten Pfad zurückführt, weil eure Pfade sind alle krumm und schief!«

Wenn wir die gerade biegen wollen, hat er noch gesagt, müssen wir allen vergeben, die uns was angetan haben.

Das ist ein Befehl von Gott höchstpersönlich.

Aber das kann der sich an Hut stecken, ich lass mir von keinem was befehlen.

Von Gott erst recht nicht. Der macht, was er will, und keiner sagt dem, dass er falschliegt. Da hat nämlich keiner die Eier zu.

Die Leute haben Angst, dass sie am Ende die Quitting dafür kriegen.

Ich nicht.

Ich habe die Eier und sag Gott ins Gesicht, was ich denke.

Aber nicht jetzt.

Später mal.

Der Herrgott liebt uns auch, wenn wir nur Dreck sind, hat Don Vicienzo noch gesagt, er hat uns geschaffen und verlangt nichts dafür.

Soll ich ihm da jetzt die Füße küssen für? Der Typ hats bei mir nich hingekriegt, da lag ihm wohl ein Furz quer.

Und Gott? Mich hat wohl eher meine Mamma geschaffen.

Und der Scheißkerl von meinem Vater, aber nur nen bisschen. Gestern ist eigentlich sein Geburtstag gewesen.

Den Tag weiß ich, das Alter aber nicht, dazu war er zu oft im Knast. Mein Vater, den hab ich das letzte Mal gesehen, da war er so dreißig.

Er ist anders wie andere Väter.

Ihr glaubt wahrscheinlich, die sind alle gleich, so wie die Mammas.

Aber die Väter sind alle anders.

Keine Ahnung, wann meiner aus dem Knast kommt, jedenfalls nach mir. Und wenn er rauskommt, dann findet der mich nicht, ich bin kein Arschloch.

Der war das reinste Unglück, mein Vater.

Er hat getrunken und Drogen eingeschmissen, aber nicht welche, die müde machen. Die, die hellwach und aggro machen.

Er hat nix gehört, nix geredet und wenn, dann nur geflucht.

Ist er auf Maloche gegangen, habn wir nie gewusst, wie er zurückkommt, lebendig oder tot, frei oder in Handschellen.

Mamma hatte immer Angst, auch wenn er tot zurückgekommen is.

Ich weiß es noch genau.

Er hat sie getreten und an den Haaren gerissen.

In seinem Leben hat sich Papà viele Jahre Knast eingebrockt, aber nie für dass er Mamma geschlagen hat. Das hab ich nie kapiert. Das war doch auch ein Verbrechen, aber das hat nie einer bestraft.

Wenn er nach Hause gekommen is, habn Vittoria und ich uns im Klo versteckt. Vittoria hat sich die Ohren zugehalten, damit sie Mamma ihre Schreie nich hört.

Ich hab mir nicht die Ohren zugehalten.

Mamma ihre Schreie, die wollt ich mir ganz genau merken.

Wenn mein Vater wieder aufgerauscht is, hat Mamma sich zigmal bekreuzigt und die heilige Rita geküsst überm Ofen. Aber die heilige Rita hat das nicht gekratzt, die hatte anderes im Kopf, und mein Vater war noch nicht ganz da, da hat es schon Schläge gehagelt.

Am nächsten Tag hatte Mamma überall blaue Flecken.

Aber hat so getan, wie wenn nichts wär, wie wenn das alles normal wär.

Aber das ist doch nich normal!

Und ihr sagt mir alle, ich soll mein Vater trotzdem vergeben.

Ich soll ihm das alles verzeien, was er gemacht hat, weil nur so komm ich voran und nich zurück.

Aber dafür brauchst du echt Eier!

Und für meine Mamma, da hab ich wohl kaum ne Vollmacht für zu verzeien!

Jedenfalls gestern hat er Geburtstag gehabt, und ich will das endlich hinter mich bringen. Darum schreib ich jetzt den Brief, den ich euch, Professoressa, und der Solzialarbeiterin versprochen hab.

Schickt ihr den Brief dann ab? Ich hab nämlich keine Marke.

Und kommen Briefe aus dem Süden in Bergamo überhaupt an?

Lieber Papà, du Wichser,
weil das muss mal gesagt und aufgeschrieben werden.
Wie geht es dir?
Wie du weißt, weil das weißt du bestimmt, sitze ich auch im Gefängnis, genauso wie du.

Aber ich bin eigentlich trotzdem besser als du, und das weißt du genau.

Du hast gestern Geburtstag gehabt, und ich schreib dir heute einen Geburtstagsbrief.

Aber sie habn mich gezwungen, würds nach mir gehen, würde ich dir Flüche schreiben und sonst nichts. Signora Martina, meine Lehrerin, korrigiert meinen Brief, sie ist gut zu uns, is nicht übel, dass sie hier ist.

Hier ist es scheiße, alles ist zum Kotzen, es stinkt im Gefängnis nach Kanal und ich natürlich auch, weil ich bin schon eine Weile hier und wir können nicht duschen, wie wir wolln.

Die Insel liegt einsam im Meer, Gott hat das so gemacht, aber ich wünschte, sie läg weniger einsam.

Aber das weißt du auch.

Du weißt ja alles!

Aber am Ende weißt du eigentlich gar nichts, oder?

Vittoria hat geheiratet und lässt nix mehr von sich hörn. Sie hat schon Kinder. Ich bin Onkel und du Großvater, aber da scheißt du wohl drauf.

Mamma hab ich nicht mehr gesehn, seit ich hier bin.

Aber ich hab sie trotzdem lieb, weil die Liebe muss man nicht sehen.

Weihnachten besorg ich mir Ausgang und bin fast zwei Tage zu Hause.

Wenn du willst, grüß ich sie von dir, aber ich weiß ja, du willst nicht, weil du echt ein Wichser bist.

Ich machs trotzdem, sie freut sich bestimmt.

Ich geb ihr einen Kuss auf die Stirn. Das mag sie gern.
Lieber Papà,
ich weiß nich, was ich dir noch sagen soll, und es geht mir
auf die Eier, dass ich dir schreib.
Ich hab versprochen, dir alles zu verzeien, auch wenn dir
das wohl am Arsch vorbeigeht.
Also: Ich verzeihe dir. Aber für das, was du uns angetan
hast, soll dir mindestens einmal im Monat die Scheiße
auf die Füße tropfen.
Lieber Papà, machs gut
Dein Sohn Zeno

Meine Mamma ist schön.

Wie ihr, Professoressa.

Aber sie ist anders schön, weil sie ist meine Mamma.

Wenn ich sie anschau, dann bin ich kein Kerl mehr, nur Sohn.

Aber der Herrgott hat ihr nur ein einziges Gesicht gegeben. Man weiß nie, ob sie fröhlich oder traurig ist. Ihr habt tausend Gesichter, euer Blick ändert sich ständig. Wenn ihr ruhig seid oder trübselig, dann kann man das sehen.

Bei Mamma nicht.

Mamma ihr Gesicht is immer gleich.

Ich hab sie noch nie weinen sehen. Nicht mal lachen.

Wie gern hätt ich nur ein einzigstes Mal beides gesehen, nicht gleichzeitig aber. Eins nach dem andern.

Als ich noch draußen war, hatte Mamma immer Angst, dass mich einer kaltmacht. Sie hat eine Scheißangst vor dem Tod, aber nicht so allgemein. Eine Scheißangst vor meinem Tod, dass ich tot bin.

Das ist unnatürlich, dass ein Sohn stirbt, hat sie gesagt, zuerst muss sie ins Gras beißen und zuallererst natürlich dieser Wichser von meinem Vater.

Als sie mich in den Knast gesteckt habn, war Mamma echt happy.

Letztes Mal, wie ich mit ihr geredet hab, hat sie gesagt, sie hört lieber die Gitterstäbe klingeln wie das Glöckchen.

Sie war froh, dass sie mich geschnappt habn, genau wie Corradino seine Mamma, weil so kann mich keiner mehr kaltmachen.

Mamma glaubt, der Knast macht mich unsterblich. Jetzt kann mich nix mehr umbringen, denkt sie, nicht mal ne Krankheit. Hoffentlich sagt ihr das keiner, was das fürn Kackmist is, damit sie auf ewig froh ist.

Jedenfalls muss sie jetzt keine Angst mehr habn, wo ich sitze, und is wohl nen bisschen beruhigt.

Muss ich dem Jugendgericht vielleicht jetzt dafür dankbar sein, das meine Mamma mehr Ruhe hat?

Aber ich spuck jedem Gericht in die Fresse, egal wo es ist auf der Welt.

Das letzte Mal hab ich Mamma gesehn, das war beim Prozess und das wars. Wann sie mir das letzte Mal nen Kuss gegeben hat, keine Ahnung.

Ich träum nich mal mehr von ihr, aber erinnern tu ich mich noch echt gut.

Sie is zum Prozess gekommen, jeden einzelnen Tag.

Immer in demselben Kleid, das ich niemals vergessen will.

Rosa, so rosa, dass alle hingeguckt habn.

Sie war so schön wie in der Jugend, wie sie noch keine Hure war.

Aber sie hat sich schuldig gefühlt, das konnte man sehn, auch wenn sie ganz in Rosa war und mir das nie gesagt hat.

Mamma hat mir bei meinem Business geholfen.

Sie hat die Tütchen fertig gemacht, die ich in den Gassen vertickt hab. So konnt ich mehr verdienen.

Wenn ich losgezogen bin, hat sie mir über den Kopf gestrichen und die Madonna gebeten, an meiner Seite zu sein. Trotzdem war ich immer allein, das ist ja auch nur eine Redensart, und verantwortlich war am Ende nur ich und sonst keiner.

Ich hatte gute Preise und ziemlich guten Stoff.

Aber die wollten mich abknallen, weil ich hab den Konkurrenz gemacht, Gebiete und Kunden abgeluchst.

Also mussten sie mich aus dem Verkehr ziehn.

Beim Arbeiten habn mich die Bullen nie erwischt.

Mit sowas soll ich nicht angeben, sagt ihr, Professoressa. Ich weiß, aber gegen das bin ich machtlos. Weil das is ja nicht nichts: Ich konnte immer abhaun, mich hat nie einer erwischt! Ich war flink wie ein Wiesel.

Und Mamma konnte nix sagen, ich musste das ja tun.

Ohne mich hätts nix zu fressen gegeben. Von ihrem Business konnten wir nicht leben. Also hat sie die Klappe gehalten und mir lieber geholfen.

Keine Ahnung, ob sie sich schuldig fühlt, ich mein, wegen dem, den ich umgebracht hab, der war noch jung.

Er war genauso Sohn wie ich.

Beim Prozess hat Mamma nicht ein einzigstes Mal mit mir gesprochen und umarmen konnten wir uns erst recht nicht.

Keine Ahnung, ob sie sich schuldig fühlt wegen mir, weil ich hier hinter Gittern sitze.

Wenn ihr sie seht, dann sagt ihr doch, sie soll sich nicht schuldig fühlen und was sonst noch.

Am besten einfach Ohrn zuhalten.

JETZT BIN ICH FROH, dass sie uns hier in die Schule gesteckt habn.

Zuerst hats mir nicht gefallen, weil ich sitz schon hinter Gittern. Ich hab nicht noch nen Knast gebraucht.

Dann habn sie uns gesagt, wir kriegen jeden Tag 5000 Lire, wenn wir da hingehen.

Das sind keine Peanuts!

Erst recht nicht im Knast.

Da können wir Zigaretten und Briefmarken mit organisieren und was, was ich nicht sagen kann, weils keiner weiß und ichs auch nicht wissen darf, tu ich aber doch.

Am Ende sind wir abwechselnd in die Schule gegangen, weil wo ihr uns bezahlt, wollte jeder.

Manchmal habn wir uns drum geprügelt, aber nur um die Kohle.

Einmal hab ich Gennaro, diesem Prahlhans, die Fresse poliert, der hält sich hier für den Chef, weil er nen Bart hat, dabei sinds doch nur Haare. Ich hab ihm eine reingehauen und da hat er sich gleich in die Hose gemacht und mir seinen Platz abgetreten. Und ich hatte fünfhundert Lire mehr.

Ich weiß, Professoressa, euch gefällt so was nich, sowas soll ich nich mal sagen.

Aber ich muss die Wahrheit sagen, das hab ich euch

doch versprochen, gleich wie ich mit dem Schreiben angefangen hab.

Und das is die Wahrheit.

Am Anfang hat mich die Schule ziemlich angekotzt. Aber das is überhaupt nix gegen das Personal!

Ihr seid eine Frau und nicht die Schule.

Doch nach und nach hat es mir gefallen.

Aber nie ganz.

Nur ein bisschen.

Immer stehn alle Bänke um euer Pult.

Dahinter die zwei Vollzugsbeamten, die aufpassen, wir sind ja immer noch irgendwie Dreck und sie trauen uns nicht. Und ihr vielleicht auch nich!

Sogar die Schule hier drin is vergittert.

Dabei wimmelt es doch vor Lehrern.

Die mögen uns nicht alle.

Nur ihr und noch zwei, aber das ist ja normal, nicht alle können einen mögen, erst recht nicht in unserer Situation.

Ihr seid nett zu uns und unterrichtet Italienisch und die Schriftsteller. Und Gedichte, aber da kapiern wir nich viel, die Dichter reden komisch.

Und die Signorina Katia ist nett, die bringt uns Zahlen und Rechnen bei.

Sie ist ein Prachtweib, trotzdem ist sie Mathelehrerin geworden. Der notgeile Totore glotzt sie immer an. Aber nicht normal, der guckt echt schlimm. Da dreht sich mir der Magen um, irgendwann verpass ich dem eine Abreibung, dem Dreckschwein.

Und Signora Mariella is auch tüchtig.

Sie hat kein Problem mit Totore, und darum ist sie immer gut gelaunt. Wir nennen sie die Fleischbombe, aber so dass sies nicht hört, weil das gefällt ihr sicher nicht. Sie bringt uns die Naturwissenschaften bei, die Tiere (die Hunde, aber auch Schaben, Affen, Menschen), erklärt uns, wie sie von außen und innen sind, die Organe, die Lunge, das Herz, aber das echte, die Milz, die uns wehtut, wenn wir Seitenstiche kriegen oder einen Fußtritt, und die Körperteile, die man zum Pissen und Essen braucht, aber nicht beides gleichzeitig, das wär ja voll ekelhaft.

Und Signor Paolo, der eine Schwuchtel ist, glaub ich und ihr wohl auch, aber keine Sorge, wenn ihr das nicht sagen könnt, er bleibt eine Schwuchtel. Ich hab nichts gegen die. Das sind Menschen wie du und ich, außer dass Don Vicienzo die am liebsten anzünden will, wenn er hört, was denen gefällt.

Jedenfalls unterrichtet Signor Paolo nur körperliche Tüchtigung, also Gymnastik. Aber wir mögen den Signor Paolo trotzdem, in seinem bescheidenen Kreis taugt er auch zu was, und er lässt uns Ball spielen oder Luft schnappen.

Und Don Vicienzo und die Vogelscheuche bringen uns Religion bei. Aber nur ihre, andere nicht.

Der Tüchtigste von allen in der Schule ist Gaetano.

Das ist der Schöne mit den blonden Haaren, die ihm in die Stirn fallen wie nem Modell im Fernsehen oder beim Teleshopping.

Er sitzt immer ganz vorn und rastet nie aus, nich mal, wenn die Lehrer ausrasten.

Gaetano sitzt auch wegen Mord, aber bei uns heißt er nur »der Unschuldige«.

Er hat einen gekillt, aber nicht wirklich.

Also, es ist nicht sein Mord.

Gaetano hat gar keinen gekillt. Er hat nur die Schuld auf sich genommen, weil der echte Mörder war schon sechsundzwanzig und hätten sie den geschnappt, hätt er mindestens lebenslang gekriegt.

Gaetano nicht, weil er ist erst siebzehn und die Richter zwickt das schlechte Gewissen, wenn sie das Leben von uns Kleinen ruinieren.

Der echte Mörder, der Sohn von einem Dreckskerl aus dem Rione Sanità, zahlt Gaetano seiner Familie eine Million Lire für jedes Jahr, das er unschuldig im Gefängnis sitzt.

Und die Familie von Gaetano ist noch ärmer wie ich und Mamma zusammen und hat Ja gesagt.

Und das scheint mir doch das Normalste von der Welt!

Ich hätt genauso Ja gesagt!

Gaetano habn sie dreizehn Jahre aufgebrummt und wenn er volljährig ist, also sehr bald, kommt er nach Poggioreale. Aber vor dem Gefängnis in Poggioreale hat er Angst. Da ist man besser gleich tot. Gaetano ist kein harter Junge. Er hat Grips, er könnte studieren, der Knast is seine Sache nicht. Er ist Klassenprimus.

Auch Corradino ist nich schlecht in der Schule.

Marietto kannste in die Tonne kloppen, der kann nicht mal reden.

Ich bin so lala, hängt davon ab, ob mir einer quersitzt oder ob ich klar denken kann.

Ich bin sogar in die echte Schule gegangen, also draußen.

Und ich kann euch sagen, die war viel schlimmer wie hier drin.

Da bin ich als Piccirillo hingegangen, in eine Schule im Viertel.

Nicht in Forcella, weiter oben. Weiß ich nicht mehr, wo.

Die Schule war arm, noch ärmer wie ihre Schüler.

Die hieß »Pflichtschule«, sonst wärn wir ums Verrecken nicht hingegangn. Aber eigentlich sind fast alle vorher abgegangen und habn sich ne Maloche gesucht.

Ich fands da zum Kotzen, die Lehrer habn so getan, wie wenn sie uns einen Gefallen täten mit ihrem Unterricht.

Wenns nach mir gegangen wär, konnten die alle mit dem Arsch zu Hause bleiben.

Die sind mir vielleicht auf den Sack gegangen, allesamt.

Sie haben auf uns runtergeguckt, und wir haben uns noch mehr wie der Abschaum gefühlt, der wir eh waren.

Und die Lehrer kamen sogar aus Mailand!

Nicht mal aus Napoli! Aus der Provinz!

Sie haben sich für was Besseres gehalten wie wir, dabei warn wir immerhin aus Napoli, wenn auch nur aus Forcella.

Sie haben uns wie Tiere behandelt, denen ging es am Arsch vorbei, ob wir gelernt haben oder nicht.

Die warn nicht wie ihr, Professoressa. Und dabei habn sie mehr verdient wie ihr. Es war denen scheißegal, ob wir da waren oder auf der Straße rumlungern und lange Finger machen. Hauptsache, wir habn die Finger von ihren Taschen gelassen. Wenn wir nicht da warn, waren sie heilfroh, dann hatten sie weniger Arbeit.

Das warn alles Vertretungen, weil die richtigen Lehrer haben sich verkrochen und hatten keinen Bock, uns was beizubringen, wo wir der letzte Dreck sind.

Ich konnt nicht lesen, doch dann hab ichs gelernt, auch wenn ich so langsam les wie ein Blinder.

Beim Schreiben, da wisst ihr, dass das so'n bisschen Kacke ist, aber ihr koggiriert alles und so lerne ich nach und nach.

Ich bin der Erste in meiner Familie, der Lesen und Schreiben kann.

Die Zahlen mag ich allerdings nicht und die kapier ich auch nicht. Wenn ihr mich fragt, die könnten sich doch klarer verständlich machen, aber die sind und bleiben Zahlen und wollen immer rechthabn.

Die Naturwissenschaften gefallen mir, aber nur, wenn wir lernen, wie es in uns aussieht, weil außen, das geht mir eigentlich am Arsch vorbei.

Italienisch ist euer Gebiet und ihr seid geduldig. Ihr erklärt uns die Romane, die die Schriftsteller geschrieben haben. Sie wollen uns »die Augen öffnen«, sagt ihr, wie wenns da Schlüssel für gibt.

Und ihr lest uns vor, damit wir verstehen, wie man gut schreibt. Allein würden wir kein einzigstes Buch lesen, das wisst ihr genau.

So können »wir uns bilden«, sagt ihr, und die Verbrechen vergessen, die wir draußen begangen haben.

Ob das stimmt oder ob ihr euch da in die Tasche lügt, da bin ich mir nicht sicher.

Unsere Verbrechen, an die denken wir ja immer, die warn unser Leben, die können wir nicht einfach wegradieren.

Neulich habt ihr gesagt, ich soll mir einen orntlichen Beruf überlegen, für wenn ich rauskomme.

Einen, der nicht kriminell ist.

Einen richtigen Beruf, wie ein Beamter in der Post oder eine Verkäuferin im Upim.

Also ich hab lange überlegt.

Und vielleicht könnt ich Schriftsteller werden, wie die mit den Romanen, die ihr uns vorlest.

Muss man da was für studieren?

Oder kann ich einfach so Schriftsteller werden, ein Mörder im Knast?

Und wenn, von wem krieg ich dann die Kohle? Gibt es einen, der mich bezahlt?

Schriftsteller sind doch steinreich oder?

Wenn der ihr Boss die pro Wort bezahlt, dann habn sie bestimmt Milliarden in den Taschen.

So wie der, der den Roman geschrieben hat über den armen Typ, der so heißt wie ich und immer raucht, diesen Roman, der euch so gut gefällt.

Lebt der noch? Dann muss ich den unbedingt mal kennenlernen und fragen, was da so bei rumkommt.

Ihr sagt immer, wir müssen was finden, was uns begeistert. Wir müssen uns wieder »eingliedern«.

Und dafür braucht es Träume und Begeisterung, sagt ihr.

Aber das Eingliedern, das schaffen wir nicht allein, das sagt ihr auch, ihr müsst uns eingliedern.

Ja meinetwegen, da hab ich nichts dagegen.

Aber könnt ihr uns das neue Leben erst noch beibringen, das da draußen, bevor wir uns dann eingliedern?

Ich hab keine Ahnung, wie das neue Leben gehen soll, ich kenn nur das alte.

Aber wenigstens bin ich keine Frau, dann würde ich nur wissen, wie man Hure wird, wie Mamma.

Ich wär froh, wenn ihr mir das neue Leben beibringt, und ich schwör bei allen meinen Ahnen, ich schwör, ich werd Schriftsteller.

Das steht da jetzt geschrieben, das hab ich jetzt versprochen.

Ein richtiger Schriftsteller, mit Geld und Papier und Füller.

Aber nur Professoressa, wenn ich für meine Worte auch orntlich Kohle krieg.

Nicht um ein Hungerleider zu werden, nee.

Da bin ich lieber gleich tot.

GESTERN IST MIR EINGEFALLEN, wie der Typ heißt, den ich umgebracht hab. Ich schreib es besser auf, dann kann ichs nicht mehr vergessen. Er heißt Michele.

Wie der Erzengel.

Aber der war ein Teufel!

Ich bin zur Vogelscheuche gegangen, aber nicht aus Respekt für diesen Michele, ich wollte meinen Seelenfrieden machen. Wenn ich weiß, wie der heißt, den ich umgebracht hab, hab ich mir gesagt, dann gibts wohl noch ein Fitzelchen Hoffnung für mich im Paradies.

Aber wisst ihr, was die Vogelscheuche gesagt hat?

Ich soll bloß nicht glauben, dass ich um die Hölle drum rumkomm, nur weil ich noch einen Namen weiß! Da lande ich sowieso, ich bin von Geburt an zur Hölle verdammt, wer A sagt, muss auch B sagen.

Also tschuldigung, wieso hab ich mich dann überhaupt an Michele seinen Namen erinnert?

Aber ihr habt gesagt, Professoressa, es ist wichtig, dass ich den Namen nicht vergesse, weil er genauso nur ein Junge war wie ich und genauso »verleitet«.

Ich weiß, dass Michele genauso jung war wie ich. Und dass da jetzt ein unauflösliches Band zwischen uns ist, auch wenn wir uns nicht kennen.

Ich hab ihn ja umgebracht.

Doch das hab ich euch ja schon erklärt, er wollte grad zur Knarre greifen.

Und hätt er das, dann würd er hier schreiben heute und nicht ich.

Aber ich bin so viel netter wie der, das könnt ihr mir glauben, weil ich bin ein ehrlicher Mensch.

Er nich.

An Michele sein Gesicht kann ich mich nicht erinnern, nur an seinen Job. Er hatte den Auftrag, mich zu beseitigen und dann noch andere.

Carmine, der schon ein bisschen länger hier ist wie ich, hat ihn angeblich ein wenig gekannt. Sie sind zusammen zum Kommunionsunterricht gegangen, in Sanità. Auch ihre Väter hätten sich vom Sehen gekannt.

Michele war kein schlechter Mensch, hat er gesagt, er musste Leute erschießen, seine Mamma hatte eine Krankheit, die keiner kennt und die es trotzdem gibt. Und die jeden umbringt. Den Namen davon weiß ich nicht mehr.

Kein Arzt in Napoli hat sie geheilt, alle Ärzte, wo sie hingegangen sind, waren Idioten, den wars scheißegal, ob es Michele seiner Mamma schlecht geht und sie stirbt.

Darum wollte Michele sie nach Amerika bringen, wo richtige Ärzte sie operieren können.

Mit den »Aufträgen«, die er gekriegt hat, konnte er jede Menge verdienen, »Mordaufträge« sind ziemlich gut bezahlt.

Und die da draußen, von denen wir die Jobs kriegen,

wissen genau, dass sie fürs Morden einen minderjährigen Arm brauchen.

»Schaff uns den und den vom Hals«, haben sie zu Michele gesagt und ihm da Kohle für gegeben, wie ein Gehalt.

Kannst du dir vorstellen, wie viel Leute man wegschaffen muss für eine Reise nach Amerika?

Das ist echt weit, da musst du Ozeane, Meere, Wüsten durchqueren! Für so ne Reise hätt Michele ne ganze Kakombe gebraucht!

Jedenfalls, ich stand auf seiner Liste.

Ich war der Erste, den er umlegen musste.

Ich war sein erster Auftrag.

Und es ist schiefgegangen, weil ich hab gehört, wie aus der Nebengasse ein Roller angerast kam.

Keine Ahnung wieso, aber ich wusste es sofort.

Er konnte nichmal mehr absteigen. Er hatte die Hand auf der Tasche, da hab ich schon meine Knarre gezogen.

Und geschossen.

Drei Mal.

Ich wollte sichergehen.

Also konnte Michele keine einzige Lira für seine Mamma beiseitelegen.

Er war sofort mausetot.

Aber sollte ich mich abknallen lassen, nur damit er was beiseitelegen kann?

Ich hab auch eine Mamma, die ist nicht krank, aber Hure immerhin.

Ich muss auch an sie denken.

Und an Natalina, meine Verlobte, wenn ich rauskomme, muss ich sie heiraten, sie wartet auf mich.

Keine Ahnung, ob Michele auch ein Mädchen hatte.

Vielleicht.

Eine Mamma hatte er auf jeden Fall.

Und darum tut es mir auch ein bisschen leid jetzt, wenn ich an seine Mamma denke.

Aber es ist nicht meine Schuld, wenn wir uns abknallen mussten.

Und auch nicht seine.

Da haben andere Schuld, aber wer, das weiß man nie so genau.

Den 12. November 1991

HEUTE WILL ICH EUCH von meiner Süßen erzählen, also meiner Freundin.

Da draußen hab ich eine.

Sie heißt Natalina Marrazzo.

Sie ist eineinhalb Jahre älter wie ich, aber das is mir egal, sie is ja nich alt und ich auch nich.

Sie wohnt in unserer Gasse in Forcella und wir haben uns schon als Piccirilli gekannt. Aber erinnern tu ich mich an sie, seit ich fünf bin, vielleicht vier.

Natalina ist dunkel wie ich und hat die Haare bis da.

Sie hat zwei Augen mit Silberblick und eine Knollennase.

Sie ist nicht schön und lispelt. Es braucht schon was, wenn man sie verstehen will.

Aber ich lieb sie trotzdem, wie in einer langen Ehe.

Ich wollt sie sogar heiraten.

Aber nicht jetzt!

Jetzt hab ich nicht das Alter, jetzt hab ich nur ne Haftstrafe.

Hoffentlich wartet meine Süße auf mich.

Sie kriegt ne Hochzeit wie nichmal eine Königin. Was wir alles essen werden, wir heiraten in der Kirche, ich seh Natalina schon vor mir, ganz in Weiß, mit Spitze und

Schleier, so schön, dass sogar die Madonna neidisch wird.

Ich lad euch ein, Professoressa, euch und euren Mann und eure Tochter, und auch Franco, den Schließer, und ein paar Wichser aus Nisida, falls sie draußen sind und noch putzmunter.

Aber erst muss ich bei ihrem Vater um die Hand anhalten, ihre Familie ist ein bisschen altmodisch, wie wenn wir in der Steinzeit wärn.

Natalina ihr Vater heißt Sabatino und spielt von morgens bis abends verrückt, und nachts auch, weil er hat keine Maloche.

Sabatino Marrazzo ist ein guter Mann, wie ich wenige kenne. Solche Leute erkennst du auf der Stelle, da gibts kein Vertun.

Der wollte nicht der Scheißtyp aus Forcella sein, der ist stur.

Und darum war er arbeitslos. Der Hunger hat die fast umgebracht, weil Natalina ihre Familie hat neun Kinder, das ist sogar für Reiche zu viel.

Nur Rosario, der Älteste, is kriminell geworden, so wie ich oder sogar noch schlimmer.

Sabatino hat ihn verprügelt, immer voll drauf. Anständige Prügel, damit er anständig wird, so wie er.

Aber nix da.

Rosario hats ihm heimgezahlt vor allen andern, das Anrotzen und die Prügel, er hatte echt null Respekt vor seinem Vater.

Und war weiter kriminell.

Knarre und Drogen hat er unterm Bett versteckt.

In Sabatino seine Wohnung ist er nie gegangen, nur zum Schlafen und Wachwerden. Und hat ihm logisch kein Geld aus den krummen Geschäften gegeben, weil der Vater wollte ja lieber den Hungertod sterben und kein Geld aus dem Business von ihm und seinen Freunden.

Sabatino Marrazzo war also weiter verzweifelt und arm.

Noch ärmere wie Sabatino Marrazzo gibts nur in den dritten Welten, und wenn ihr mich fragt, gehts den da noch besser, die könnten glatt eine Kollekte mit afrikanischem Geld machen, damit ers ein bisschen besser hat.

Also hab ich meiner Süßen Geschenke gemacht, die ihr Vater ihr nie hätt machen können, nichmal mit Maloche.

Einmal hab ich ihr eine Goldkette geschenkt, eine echte, die hab ich einer schönen Frau abgenommen, unten an der Piazza Trieste e Trento. Der war die doch egal, aber Natalina hat sie gebraucht. Ich hätt eine kaufen können, wollt ich aber nich, meine Süße sollte diese Kette tragen, Punkt aus.

Ich bin mit ihr Pizza a Portofoglio essen gegangen, in der Pignasecca, weil nicht mal dafür hatte Sabatino Geld.

Ich hab Natalina ausgehalten, und darum konnt Sabatino mich nicht ausstehn, aus Eifersucht, er ist ja ihr Vater, und weil ich kriminell war wie Rosario.

Aber arbeitslos, da spuck ich drauf.

Ich wär ansteckend, hat Sabatino Marrazzo geglaubt, wie wenn ich die Kriminalität weitergebe. Das is doch keine Krankheit!.

Aber Sabatino hat trotzdem gedacht, dass ich Natalina auf Touren mitnehme und sie kriminell wird, eine Diebin, Räuberin, Drogenkurierin.

Oder dass ich sie verkaufe, wie wenn sie schon eine richtige Frau wär.

Ich doch nicht!

Ich hab sie nie abgeholt, damit sie mit auf Tour kommt oder sogar anschaffen geht, dabei hätt ich die richtigen Leute gekannt und hätt ich gewollt, sie wär die beste Hure in ganz Forcella gewesen.

Sabatino, sag ich euch, der ist wirklich ein tüchtiger Mann.

Er hat sogar ganz normal gearbeitet, aber das hat alles nichts getaugt und darum hat er sich jedes Mal feuern lassen.

Er war Obstverkäufer, Müllmann, Maurer, einmal hat er sogar die Scheißhäuser vom Ospedale Loreto Mare geputzt. Und Barjunge war er mal, obwohl da war er schon vierzig. Aber das Geld hat nie gereicht.

Dem Sabatino, dem haben die Camorra-Leute alle möglichen Jobs angeboten, auch auf der Eisenbahn.

Aber er wollt nichmal den Parkwächter machen! Nur ehrliche Arbeiten, womit man nichts verdient und die nichts bringen, erst recht nicht mit neun Kindern.

Trotzdem hätt ich gern Sabatino Marrazzo als Vater gehabt statt meinen, der in Bergamo sitzt und gegen den noch Sachen anhängig sind.

Ich wünsch Sabatino Marrazzo, dass er irgendwann der

reichste Mann der Welt wird und das mit dem arbeitslos endlich vergisst. Auch wenn ich ihn ankotze, ich mag ihn.

Sabatino Marrazzo wird hoffentlich einmal so reich, dass die Reichsten vor ihm niederknien und ihm die Füße küssen.

Und von allen Reichen zuallererst der Staat!

Sabatino hatte immer Streit mit dem Staat, ständig.

Er hat Briefe geschrieben. Tag und Nacht. Ist durch Forcella gerannt und hat geschrien:

»Ich hab das und das geschrieben! An den Scheißstaat!«

Aber keiner hat dem zugehört, weil Sabatino Marrazzo ist ein ehrlicher Mann.

Und nicht mal der Staat hat dem geantwortet.

Der Staat hat ihn vergessen, hat Sabatino gesagt und jeden Abend in den Gassen rumgebrüllt:

»Ich werd dem Staat zeigen, wer Sabatino Marrazzo ist!«

Und wisst ihr, was er am Ende gemacht hat?

Er wollt sich mit Rosario seiner Pistole abknallen. Mitten in der Nacht!

Alle haben geschlafen, er hat alle im Viertel geweckt, wie wir den Knall gehört habn.

Aber nicht mal dafür hat Sabatino getaugt, weil er hat nicht die Schläfe getroffen und sich nurs Ohr weggeballert, aus lauter Schiss vorm Tod.

Und dann war er auch noch halb taub!

Wie ich und Mamma den Knall gehört habn, habn wir

geglaubt, jetzt bringen die uns um, und habn Gänsehaut gekriegt unter der Bettdecke.

Dabei wars nur Natalina ihr Vater, der dem Staat einen Denkzettel verpassen wollte.

Aber nicht mal da hat der Staat von ihm Notiz genommen.

Ich aber sehr wohl.

Und ihr jetzt auch.

Ich hab nich mit meiner Süßen geschlafen, sie war noch zu jung, und wenn der Vater das rausbekommen hätte, hätt er ihr das Gesicht mitsamt allen Zähnen zerschlagen.

Aber ab und zu hab ich sie abends ausgeführt.

Wenn sie ausgegangen ist, hat sie das keinem gesagt. Aber Sabatino hat die Armut sowieso im Alkohol ertränkt, und Natalina ihre Mamma war tot und konnte nix mehr sagen.

Ich hab sie auf die Piazza del Plebiscito ausgeführt, nachts um drei.

Mit dem Roller hab ich sie vor ihrem Basso abgeholt, wir sind mitten auf der Straße gefahren, bis runter zur Via Roma, über die Piazza Trieste e Trento, dann zum Plebiscito.

Bestimmt kennt ihr den Platz nur am Tag, mit den ganzen Autos, oder nicht?

Ihr kennt das Towabohu, den Verkehr, die Leute, die sich da die schönen teuren Sachen kaufen, die Bars, wo die Reichen vor unsern Augen fressen und trinken.

Keiner sieht den Platz so wie ich mit meiner Süßen nachts um drei.

Alle schlafen, auch die Steinlöwen vor der Kirche.

Zuerst sind wir immer Hand in Hand gegangen, so wie Erwachsene, wie ein Paar.

Aber dann sind wir wie Kinder quer über den Platz gerannt, um die Wette, wer zuerst bei der Kirche ist. Manchmal sind wir dabei hingefallen, sogar mit dem Gesicht voran, aber wir haben uns nie was getan.

Am Ende haben wir uns immer auf den Löwen gesetzt, den großen, obwohl eigentlich sind die ziemlich gleich.

Aber unserer ist immer der größte!

Ich vorn und Natalina hinter mir, und ich hab so getan, als nehm ich sie mit auf meinem Pferd.

Und einmal hab ich nachts auf den Löwenarsch geschrieben:

»Z und N für immer.«

Wenn ihr an der Piazza vorbeikommt, könnt ihr dann gucken, Professoressa, ob das da noch auf dem Löwenarsch steht?

Es ist der rechte, wenn ihr von der Piazzetta Santa Carolina kommt.

Jedenfalls, meine Süße hat sich immer geziert, wie jede Frau, die was auf sich hält, hat meine Mamma gesagt, und wollt mir nich mal nen Kuss geben!

Ich wollt ihr wenigstens einen einzigsten abluchsen, aber sie war knauserig und hat mir immer einen Schreck eingejagt.

»Was willst du! Wir sind nichmal verheiratet!«, hat sie gesagt. »Küssen tu ich nur mein Ehemann, doch nich dich!«

Da hab ich sie reingelegt, da bin ich echt gut drin.

»Natalí, Madonna mia! Schau mal! Eine riesige Sternschnuppe, mit Schweif, so riesig!«, hab ich gesagt.

Und sie hat hochgeguckt und nichts gesehn, und wenn sie sich zu mir gedreht hat und grad sagen wollt, ich soll doch verrecken, hab ich sie blitzschnell ganz eng an mich gedrückt. Ich hab ihr tief in die Augen geschaut.

Und sie geküsst.

Und sie hat so getan, wie wenn sie echt wütend ist.

Da hab ich sie umarmt.

Und sie hat wieder gespielt, wie wenn sie stocksauer ist, aber nicht in echt.

Sie hat mich angelächelt.

Da hab ich sie gestreichelt.

Dabei hab ich das noch nie bei jemand gesehen gehabt.

Aber ich weiß trotzdem, wie man streichelt. Das muss man sich nicht ausdenken, das weiß man mit Geburt.

Jedenfalls, Professoressa, hab ich noch nie was Schöneres geraubt wie die Küsse und die Umarmungen von Natalina.

Den 16. November 1991

ENDLICH HAB ICH den Totore verprügelt.

Das war nur eine Frage der Zeit, ich habs euch ja gesagt, und auf meine Worte könnt ihr euch verlassen.

Hier gibts ab und zu mal ne Prügelei, also so richtig mit Fußtritten, Faustschlägen, Anrotzen, Ohrfeigen, Kopfstößen.

Da regt ihr euch drüber auf, Professoressa, ich weiß, aber das müsst ihr nicht, das ist normal.

Dabei kriegt der andere auch schon mal was ab, aber nur nen bisschen. Nur so, dass das keinen Rattenschwanz hinter sich herzieht, weil Prügeln ist auf jeden Fall gegen das Gesetz.

Wir schmeißen uns auch Schimpfwörter und Flüche an den Kopf, aber nie gegen Gott, das ist ja ungerecht, der kann nix sagen, also nicht dagegenhalten.

Wir verfluchen nur die andern.

Jedenfalls hab ichs diesem dreckigen Totore letzte Woche ordentlich gegeben.

Der is krank, es war mir ein Vergnügen.

Er sitzt wegen sexueller Gewalt.

Und das is kein Kinderkram, das ist Erwachsenenzeug.

Totore ist »frühreif«, sagt der Direktor.

Was heißt hier frühreif?

Der Wichser isn Widerling!

Ich hab ne Mamma und ne Schwester, und das geht einfach nicht. Die Weiber muss man respektieren, wenn die Weiber Respekt wollen. Aber wenn sie einverstanden sind, dann kann man auf Respekt ruhig verzichten, weil sies dann ja selber wollen!

Jedenfalls, letzte Woche, da hat Totore was Versautes zur Professoressa Katia gesagt.

Die hat Beine, so lang wie ein Hochhaus. Aber is echt schüchtern. Wenn ihr mich fragt, dann zwingt man sie zu der Arbeit hier, sie hat nämlich Angst vor uns. Sie scheißt sich in die Hose sogar bei Kerlen, die noch Kinder sind, und darum ist sie eine Jungfer und heiratet nicht.

Jedenfalls hatte Professoressa Katia letztens einen Rock an und hat uns die Quadratwurzel erklärt.

Mittendrin is Totore aufgestanden und hat die Professoressa angeguckt, wie wenn er ein echter Kerl wär, so dreißig, und sie eben die Frau, die sie ist.

Dann hat er was wirklich Widerliches gesagt.

Das kann ich gar nich schreiben, da würd ich mich schämen für.

Das war was echt Versautes. Wie aus nem Porno, das fanden sogar die Vollzugsbeamten widerlich, die in der Klasse waren.

Signorina Katia, die noch Jungfer ist, trotz der schönen Schenkel, ist puterrot geworden und hat die Hände vors Gesicht geschlagen.

Und Totore ist nach seinem Scheiß aus der Klasse gerannt, der hat kapiert, dass das echt schlimm war.

Aber die Vollzugsbeamten haben ihn geschnappt und festgehalten, natürlich wollten sie ihn zum Direktor schleppen, damit der ihn zusammenscheißt und einen dizsiplarischen Vermerk schreibt. Aber bei Leuten wie Totore bringt ein Vermerk nichts, da scheißt der drauf. Da helfen ja nicht mal Medikamente.

Und da hab ich blitzschnell reagiert.

Ich bin rausgegangen auf den Flur. Die Vollzugsbeamten hatten ihn noch immer fest im Griff, und hab ihm in die Eier getreten.

Er hat gejault und meine Familie verflucht bis ins letzte Glied.

Aber alle andern habn mir aplaudiert wie einem Held.

Ich war noch nie ein Held, und das is ein geiles Gefühl, das kann ich nur jedem mal empfehlen.

Ich hab mich gefühlt wie Batman, nur hinter Gittern.

Aber dann ist dieser Scheißkerl von Costantino gekommen, von hinten, hat mich gepackt, rumgedreht und mir zwei gepfeffert. Mir ist das Blut aus der Nase geschossen.

Der Direktor ist angerannt gekommen wie ein Verrückter und hat geschrien, dass wir einfach nur der letzte Dreck sind.

Und wie er ausgeflucht hatte, hat er nach dem Doktor gerufen. Der Doktor war zacki zacki da, der Direktor bezahlt ihn ja in bar.

Der Arzt kommt nur einmal die Woche nach Nisida, sonst hat er in der Altstadt von Neapel eine Praxis, in einem legalen Haus mit Balkon.

Gesagt hat er nix, wie er da war.

Er hat mich angeguckt, ein bisschen angeekelt, meine Nase versorgt, die aber noch genauso hässlich ist wie vorher, aber ich will ja nich Schauspieler werden. Dann hat sich der Direktor bedankt, gezahlt und Gott im Himmel gedankt, aber dem hat er nicht eine Lira gegeben.

Ich musste jedenfalls zwei Tage in die Einzelzelle.

Der Direktor hat gesagt, wenn Totore nicht genauso kriminiell wär, müsste er jetzt die Bullen rufen, damit ich verurteilt werde und zwar noch härter.

Aber das ist mir so was von egal.

Das war es einfach wert.

Darum, Professoressa, war ich letztens nicht in eurer Stunde, das wollte ich euch gern schriftlich sagen.

Es hätte nicht viel gefehlt und mein Weihnachtsausgang wäre gestrichen, hat der Direktor gesagt. Aber das war ja nicht einfach so, hab ich geantwortet, das hat der tausendmal verdient, und den Totore, den wollen wir in Nisida nicht mehr sehen, der ist ein versautes Schwein.

Und wisst ihr, was dann passiert ist?

Sie habn Totore nach Santa Maria Capua Verde geschickt, damit es keine Probleme mehr gibt.

Und ich sitz noch immer hier am Meer!

Was sagt ihr dazu, ist das etwa gerecht?

Nein, sage ich euch.

Aber wenigstens müssen wir das Arschgesicht hier nicht mehr sehen und haben mehr Ruhe.

Signorina Katia kann wieder problemlos einen Rock anziehen, weil wir sind sauber, wir gucken uns die schönen Schenkel nur an und träumen in der Nacht vielleicht davon, wir sind ja immer noch Kerle und nicht blöd.

Aber sagt ihr das bloß nicht!

Nicht dass sie ne Mimose ist und uns am Ende noch anzeigt wegen unseren Träumen! Das sind keine schmutzigen Träume. Das sind nur verliebte Träume!

Mein Anwalt hat gesagt, was wir im Kopf haben, ist nicht strafbar.

Das darf nur nicht raus.

Könnt ihr das bestätigen? Weil sonst ist das ein echtes Problem.

Auch für die, die nicht sitzen.

GESTERN HAT SICH GAETANO, der Unschuldige, umgebracht.

Ich hab ihn sogar gesehn.

Da ausgestreckt auf der Bahre, so wie wenn er schon immer tot gewesen wär, wie wenn das ganz natürlich wär.

Er war noch genauso schön mit seinem Schopf, wie wo er noch nich tot war.

Er hat sich in seiner Zelle mit dem Bettlaken erhängt.

Keiner von seinen Zellennachbarn hat was gemerkt. Er ist leise gestorben und hat keinen um Hilfe gefragt, das wollt er ja nicht, weil es war Selbstmord. Alle haben geschlafen.

Sie nehmen uns hier alles weg, mit was wir uns schneiden, töten, abstechen könnten. Aber nicht Laken und Decke, weil auf der Insel isses feucht, besonders im Winter.

Darum ist das das Einzigste, was wir haben, wenn wir so müde sind, dass wir nur noch sterben wollen.

Franco ist gekommen. Er hat sich die Haare gerauft und geheult. Dann hat er den Rosenkranz geküsst, den er immer einstecken hat, und wieder losgeheult.

Er war einfach zu fertig, zu allen hat er gesagt, »das hätte man verhindern können«.

Wie denn bitte?

Für mich wars echt seltsamer zu sehen, wie ein Kerl heult wie dass ein Mann tot ist.

Das hab ich noch nie gesehn gehabt, man denkt immer, das gibts nur im Fernsehn. Stimmt aber nicht, Franco hat geheult wie ein Baby und sich da nichmal für geschämt.

Mamma hat ja immer gesagt, dass auch manche Kerle weinen. Aber ich hab gedacht, das sagt die nur so. Papà beispielsweise hat nie geheult, das sagt sogar Mamma.

Gaetano war nicht mein Freund, er war zu schön und zu schlau. Daneben bin ich mir immer dumm vorgekommen.

Aber es tut mir trotzdem leid, dass er sich umgebracht hat, weil das kann jedem passiern, auch mir.

Corradino hat einen Wutanfall gekriegt.

Gaetano hat ihn an seine Mamma erinnert. Die hatten nichts gemeinsam, außer dass sie jetzt beide tot sind, aber das hat gereicht. Gestern nach dem Tod hat er das erste Mal nix mehr geredet, er war zu wütend.

Wenn ihr mich fragt, dann hatte es Gaetano mehr wie alle anderen hier verdient, »eingegliedert« zu werden.

Er hat immer die Hausaufgaben gemacht, ist keinem auf den Sack gegangen. Er hat immer aufgepasst und nie auf irgendwelche Schenkel geguckt.

Wenn ihr mich fragt, hätte aus Gaetano was Großes werden können!

Staatspräsident oder Gefängnisdirektor oder Postdirektor oder Klinikchef. Auf jeden Fall ein Leiter, weil er war ein kluger Kopf.

Gaetano hätte sogar Schauspieler werden können, er war echt schön.

Oder Fotomodell, die Milliarden wärn ihm aus den Ohren rausgekommen.

Aber jetzt ist er nur ein Toter.

Ein Selbstmörder.

Und wo er jetzt tot ist, werden die aus Sanità seiner Familie wohl keine Rente mehr zahlen, da bin ich mir sicher. Er ist also völlig umsonst in den Knast gegangen.

Gaetano war ein guter Junge, nächste Woche wär er volljährig geworden, und aus Angst vor Poggioreale hatte er die Hosen voll.

Da muss ich auch noch hin, in zweieinhalb Jahren. Aber ich will keinen Schiss haben, sonst bring ich mich auch noch um und meine Mamma wär einfach zu traurig, sie glaubt ja, ich wär unsterblich.

Heute Morgen hat Don Vicienzo eine Messe zu seinen Ehren gehalten, aber er hält nie eine wirkliche Messe, trotzdem tun wir so als ob.

Hier drinnen kann man keinen beerdigen. Wenigstens tot mussten sie Gaetano wieder rauslassen.

Jedenfalls in der Messe, da war das Don Vicienzo scheißegal, dass Gaetano gar kein echter Mörder war, dabei weiß er das genau. Der Pfaffe weiß doch alles! Und tut so, wie wenn nichts wär und er von nichts ne Ahnung hätte, genau wie die von der Camorra.

Er ist sich nicht sicher, ob Gaetano wirklich ins Paradies kommt, hat er gesagt, wegen dem, was er gemacht hat.

Selbstmörder und Mörder will Gott nicht haben.

Die gehn Gott am A. vorbei, hat Don Vicienzo gesagt, die schickt er mit nem Fußtritt abwärts, direktemang zu Feuer und Teufel.

Der Priester will uns doch nur Angst machen.

Wir sollen einen Horror vor Gott kriegen und uns in die Hose scheißen, wenn es so weit ist. Das sagt er, damit wir bereuen, was wir getan habn, und weil er böse ist.

Aber am Ende der Messe hat Don Vicienzo doch was sehr Schönes gesagt. Wenn man tot ist, hat er gesagt, wird man nicht mehr älter.

Und das hat mir gefallen.

Dann bleibt Gaetano, jetzt wo er tot ist, immer jung und schön. Und muss keinen Schiss haben vor Poggioreale.

Er hat nie mehr Geburtstag. Jahre, Monate, Minuten, Stunden vergehen für ihn nicht mehr.

Darum hab ich gebetet, dass ich von nun an immer älter werde und nie mehr damit aufhöre.

Sonntag abend hab ich das Meer ganz genau beobachtet.

Marietto war auch dabei, weil bei Meer denkt er immer an frittierte Fische.

Euch, Professoressa, gefällt das Meer ziemlich gut, frittierte Fische hin oder her, ihr redet ständig davon.

Ihr sagt, wir sind privilegiert, weil wir am Meer sind.

Hier ist es viel besser, sagt ihr, wie in Santa Maria Capua Verde, ihr findet es schade, wenn wir wegwollen und einen Antrag stellen zur Überstellung.

Also hab ich es mir angeguckt, am Sonntag vom Fenster aus.

Da war das Meer.

Wie immer da draußen, weil drinnen ist es ja nie, sonst wärs nicht das Meer.

Und das Meer will, dass man es anguckt, das ist nen Poser.

Und das geht mir auf den Sack, tschuldigung, Professoressa, aber genauso isses.

Es ist voll Poesie, habt ihr gesagt, wir können uns glücklich schätzen, dass es so nah ist. Mit nur ein bisschen mehr Fantasie würden wir seine Poesie entdecken.

Neulich in der Stunde habt ihr uns eine Aufgabe gegeben: »Was entdeckst du Schönes im Meer? Erzähl es mir. Was kann es dir sagen?«

Nichts.

Es kotzt mich an.

Das Meer mit seinem Salzwasser, das man nicht mal trinken kann!

Wofür soll das gut sein, wenn man es nicht mal trinken kann.

Das ganze Wasser taugt zu rein gar nichts.

Außerdem ist es unendlich, das Meer.

Das habt ihr gesagt, aber ich will nichts wissen vom Meer und seiner Unendlichkeit, es kotzt mich nur noch mehr an, falls das überhaupt geht!

Das Meer hat einen Orizont, habt ihr gesagt und man sagt »Horizont«, und danke, dass ihr mich korrigiert, weil dann lerne ich was.

Und dieser Horizont ist genauso unendlich, habt ihr gesagt.

Marietto hat mich gefragt, was das denn jetzt wieder heißen soll.

Was unendlich ist, kann man nicht in den Knast stecken, hab ich geantwortet. Das ist immer frei.

Schon darum ist das Meer zum Kotzen.

Und Marietto sieht das genauso, weil das ist ungerecht und er gibt dem Meer mitten eins in die Fresse, hat er gesagt.

Aber nichmal das können wir, das Meer hat keine Fresse und keine Augen.

Das Meer hält sich für werweißwen, dabei is es nix als komplett nutzloses Wasser.

Darum würd ich dem Richter am liebsten sagen, der mich in Knast gesteckt hat:

»Lieber Richter, ihr und eure Kollegen, die noch größere Arschlöcher sind wie ihr, habt mich in den Knast gesteckt.

Ihr habt mir ordentlich was aufgebrummt, weil das sein muss, weil ich einen umgenietet hab.

Aber warum ausgerechnet ans Meer?

Habt ihr gewusst, dass es unendlich ist, oder hat euch das noch keiner gesagt?

Keine Ahnung, ob ihrs gemerkt habt, aber ich bin sehr endlich.

Lieber oder liebe Richter, ihr habt mich eingelocht, aber konntet ihr mich nicht wenigstens in einen Knast an der Straße stecken? Die ist nämlich nie unendlich, mit ihren Ampeln.

In eine Zelle, wo man vom Fenster Leute sieht, die es noch schlechter haben, Afrikaner oder Roma, die um Almosen betteln.

Statt dass ihr mich in ein Gefängnis am Meer steckt, wo ich durchs Fenster sehe:

Boote.

Jachten, also reiche, mächtige Boote

Leute, die sich vergnügen, als ginge sie das alles nix an!

Und dabei geht die das sehr wohl was an.

Schlauchboote und Luftmatratzen. Und Sonnenschirme.

Alles, was ich seh, hätt ich nie haben können, selbst wie ich noch frei war.

Mamma konnte nämlich nie mit mir ans Meer gehen, weil sie zu tun hatte. Versteht ihr?

Lieber oder liebe Richter, die mich eingelocht habn, das finde ich nicht gerecht, und ihr?«

Aber als ob die mir antworten würden, die habn anderes im Kopf und verurteilen gerade andere Minderjährige zu noch schlimmeren Strafen wie mich.

Was solls, jedenfalls hat mir gestern einer einen Zettel zugesteckt, hier im Knast.

Einen Zettel von draußen.

Der mir den zugesteckt hat, ist grad angekommen und aus meinem Viertel, er heißt Peppiniello oder der Dummkopf und ist Schmuggler.

Ich muss sterben, stand da auf dem Zettel, keine Ahnung, wer das geschrieben hat.

Genau so: du musst sterben.

Aber auf Neapolitanisch.

Doch ich hab mir keine Sorgen gemacht, schließlich müssen wir alle sterben, das ist ja ein Tod mit Ansage.

Aber ihr, Professoressa, habt euch echt aufgeregt, ihr seit sowas eben nicht gewöhnt.

Ihr habt sofort den Direktor angerufen. Ihr seid eine

gute Frau, ihr habt befürchtet, mir könnte ein Unglück passieren, irgendwas Schlimmes.

Und aus Angst, daher dass er dann verantwortlich ist, nur darum, hat der Direktor beim Richter beantragt, dass Franco mich nach Forcella begleitet, beim Weihnachtausgang, und noch ein richtiger Bulle mit Knarre. Ich krieg also echten Personenschutz, wie der Staatspräsident.

Versteht ihr? Wie eine wichtige Persönlichkeit!

Die Leute werden mir Respekt entgegenbringen, noch mehr Respekt! Erst recht in Forcella, wo noch nie jemand Wichtiges aufgetaucht is. Oder wenn, gleich wieder weg war.

Hoffentlich kann ich Weihnachten draußen ein Foto mit Franco machen, das wär echt geil.

Franco is ein guter Mann, er ist nicht zu reich und sein Vater kriminell. Er hat genauso Angst, dass mir einer an den Kragen will, aber ich hab ihm erklärt, ich werd nicht das erste Mal bedroht, das is in meinem Business normal.

Ich hab ihm das erste Stück von dem frittierten Aal versprochen.

Bestimmt macht Mamma Heiligabend »Capitone fritto«, weil das is Tradition und wir kennen den Fischverkäufer nicht weit von unserem Basso, der is kein Halsabschneider und macht uns einen guten Preis.

Ich liebe Capitone, Professoressa!

Davon träume ich sogar nachts! Das ist doch echt ein Verbrechen, dass wir den nur Weihnachten essen dürfen und sonst ist das verboten.

Wisst ihr warum? Ich nich.

Und leben die Aale überhaupt im Meer oder in Flüssen?

Das hab ich nie kapiert.

Wenn sie im Meer leben, können wir die dann durchs Zellenfenster angeln?

Dann würd das Scheißmeer ja doch noch zu was taugen.

Zu meinem Beruf bin ich durch einen aus Forcella gekommen.

Der heißt Ciro, aber den Nachnamen verrat ich euch nicht.

Er ist Stammgast von Mamma gewesen und da gibt es nix zu schämen, weil das ist ein ehrlicher Beruf.

Ciro gehört zu einer großen Familie, die in Forcella sehr bekannt ist und ein bisschen auch in Soccavo, aber das hängt vom Alter ab.

Er hat einen Kleinen gebraucht, für die Lieferungen.

Ich war noch klein, dann bin ich gewachsen, aber vorher war ich klein.

Mit dem Roller, da konnt ich schon immer gut umgehen. Das hab ich mit zehn gelernt! Und bin nie gestürzt. Nichmal wie ich noch ein Piccirillo war, ein Kind! Nur einmal habn sie mich runtergeholt, für um mich zu verkloppen, aber den hab ichs gegeben. Dabei hab ich meinen Zahn verlorn, den in der Mitte.

Jedenfalls Ciro hat ein Baby für die Lieferungen gebraucht, einen, der die Tütchen zu den Kunden fährt, bis nach Posillipo und den Häusern der Reichen und Schönen.

Er hat mir also eine feste Maloche verschafft. Und zur Sicherheit auch eine Knarre. Aber wie ich damit umgehe,

95

hab ich nicht von ihm gelernt, das hab ich euch ja schon gesagt.

Ciro hat mich immer verarscht.

Ich hab da bestimmt ein Händchen für, hat er gesagt. Mit einem Papà im Knast und einer Mamma, die anschafft, wär ich dafür ja wie gemacht.

Ich hätt noch eine echte Zukunft vor mir, hat er gesagt.

Dass ich so werden kann wie er, oder fast.

Dass ich Mamma vom Bürgersteig holen und alle vor Neid platzen würden, die gedacht habn, dass wir Loser sind.

Aber in Wahrheit hat Ciro einfach nur gewusst, dass wir Kohle brauchten.

Und darum hab ich angefangen damit.

Aber wie ich damit angefangen und die Tütchen verkauft hab, hab ich zuerst Schiss gehabt.

Zu viel Schiss.

Ich war zwölf, da darf ich mir wohl noch in die Hose scheißen, oder?

Aber das hab ich keinem gesagt, das hätts nur schlimmer gemacht. Wenn einer Schiss in der Hose hat, kotzt Ciro das an, und ich wollt meine Maloche nicht verlieren und meine Würde.

Aber ich hab die Panik gekriegt, wie ich an die Bullen, den Knast und Ciro seine Konkurrenten gedacht hab, die mich bestimmt kaltmachen wollen.

Nachdem wir in der Zeitung ja von den ganzen Leuten

lesen komnten, die tot warn. Und wussten, die Mörder waren Leute, die wir kennen.

Irgendwann werd ich auch im »Mattino« erscheinen, hab ich gedacht, ein blutverschmiertes Foto.

Nachts konnt ich nicht schlafen.

Ich hab mich im Bett gewälzt, wie richtige Erwachsene.

Ich hatte Schiss, dass sie mich nachts im Schlaf zu Kleinholz machen oder sogar Mamma was antun.

Darum hab ich so getan, wie wenn ich schlafe, sonst hätt sich Mamma noch Sorgen gemacht, und das wollt ich nich. Sie hatte schon genug um die Ohrn.

Aber denkt bloß nicht, dass es leicht ist, so zu tun, wenn man gar nicht schläft in Wahrheit.

Man kann nicht einfach nur die Augen zumachen!

Man muss dafür echt was tun und sich konzentiern.

Ich hab die Augen zugekniffen, so fest ich konnte, weil sie sollten ja nie mehr aufgehen. Und ich hab mir ausgedacht, für mich zu beruhigen, ich bin allein auf einer einsamen Insel.

Aber keine ruhige Insel. Da gab es wilde Löwen auf der Insel!

Und ich hab mir vorgestellt, ich hab keine Angst und bin echt stark.

Ich hatte massenhaft Messer und hab die Löwen ganz allein besiegt.

Ich hab einfach drauflosgehaun, mit Schlägen und Fußtritten, sie habn mir aus der Hand gefressen.

Und ich bin lebend davongekommen.

Also hab ich mir gesagt, wenn ich nachts die Löwen auf der Insel töten kann, dann brauch ich vor nix Angst haben, auch nicht, wenn mich mitten auf der Straße einer ausknipsen will.

Irgendwann bin ich dann wirklich eingeschlafen.

Und wenn ich morgens wach geworden bin, konnte ich beruhigt zur Maloche gehen, weil ich ein bisschen ausgeruht war.

Mamma war da und hat für alle Kaffee aufgestellt.

Seit ich zwölf bin, hab ich das also gemacht.

Sogar hier drinnen male ich mir abends vor dem Einschlafen aus, wie ich auf meiner Insel bin und nicht auf der Insel hier.

Aber nicht, weil ich Schiss hab, mehr aus Langeweile.

Meine Insel, Professoressa, ist wunderschön, ich würd sie euch gern mal zeigen, damit ihr das richtig versteht, weil Worte sagen nichts.

Ich würd euch gern ein Bild malen, aber das kann ich nicht. Oder ich machs, aber ihr dürft euch nicht lustig drüber machen, weil es so kacke ist. Ich leg euch das Bild neben die beschriebenen Blätter.

Auf meiner Insel, da gibt es rundrum Sand, keine Felsen. Schneeweißer Sandstrand, zum Fressen schön.

In der Mitte hab ich meine Hütte, aber eigentlich ist es keine Hütte, es ist eine Villa mit zwei Stockwerken, wie sie die richtigen Camorra-Leute haben.

Oder streicht besser die beiden Stockwerke, es gibt unendlich viele.

Jeden Tag ruf ich meinen Freund an, den für die illegalen Bauten. Eins, zwei und zack, tausend! Ich steige bis in den Himmel hoch!

Rundherum hat die Villa riesige Balkone. Aber keine Fenster, nichmal Türen oder ein Dach.

Alles muss ganz offen sein, nichts kann man schließen. Auf meiner Insel gibt es nur Ausgänge, aber ihr könnt trotzdem hereinkommen.

Sie ist echt ein Wunder!

Es gibt eine Zahnradbahn hinter der Villa, und die bringt mich direkt ins Stadion, wo ich aus meiner privaten Fankurve Napoli zujubel, auch wenn dieser Arsch von Maradona sich verpisst hat.

An den Balkonen rund um die Villa wachsen die Blumen, die Mamma besonders mag, rote Rosen.

Aber nicht die kurzen, wie auf dem Friedhof. Mamma liebt die mit den geraden, superlangen Stielen, für Leute, die noch quicklebendig sind.

Kein einziger Kunde bringt ihr die, weil wenn die Kerle eine Frau bezahlen, dann werden sie Arschlöcher und denken, jetzt braucht sie keine Rosen mehr, aber so ist das nicht.

Papà sitzt im Knast und kann ihr keine schicken, und sogar wenn ers könnte, würd sie nur Schläge kriegen.

Und ich sitz jetzt hier drinnen.

Aber auch wie ich noch draußen war, hab ich nie an die

Rosen gedacht, dafür hat mir die Zeit gefehlt. Und die Kohle hab ich für Wichtigeres gebraucht, Essen und die Miete für diesen Wucherer.

Aber wenn ich mir meine Insel ausmale, wenn ich die Villa auf der Insel baue, sind da überall rote Rosen, weil ich bau für meine Mamma rote Rosen an. Die müssen wir nicht mehr kaufen.

Und es gibt einen Nebentrackt, nur für Mamma.

Dann muss sie nicht mehr arbeiten und kann in Penzion gehen, das ist doch nur gerecht, dass sie sich endlich ausruhen kann!

Und dann schaut sie aus der Ferne, aus dem Nebentrackt, auf alle, die sie »Nutte« geschimpft haben ohne jeden Respekt, und steht stolz da.

Im Garten um meine Villa gibt es außerdem einen Käfig für die Löwen, die ich besiegt habe, wie ich noch ein Baby war.

Die haben gekuscht, ich hab sie besiegt, weil sie Schiss vor mir hatten.

Aber ich hab kein Schiss, vor nichts und niemandem, Professoressa.

Ich hab noch nie vor einem gekuscht, nicht mal, wie sie mich hier in den Knast gesteckt habn.

Mich besiegt keiner.

Manchmal würd ich allerdings gern mal kuschen, nur um zu sehen, wie das ist.

Dann könnt ich einmal lockerlassen.

Den 30. November

LETZTE WOCHE habt ihr uns alle kirre gemacht, weil der Papst nach Napoli kommt.

Aber wir haben euch klipp und klar erklärt:

Das geht uns am A. vorbei, wenn der Papst NACH Napoli kommt. Er soll lieber ZU Napoli kommen, also zum Fußballteam und kicken. Wenn er dort Stürmer wär, dann würdn wir nochmal Meister.

Ihr habt uns sonst wohin gewünscht.

Schon zehn Tage bevor der Papst überhaupt in Napoli Urlaub macht, seid ihr uns damit auf den Nerv gegangen, dass wir was basteln sollen, wie fünfjährige Babys.

Wir sind erwachsen.

Ihr habt uns damit genervt, dass wir Keramikkreuze machen sollen oder Weihwasserbehälter in der Werkstatt.

Als hätt der nicht längst genug davon, der Papst.

Der hat Millionen und alle aus Silber und Gold.

Die Gipskreuze, die wir hier machen, sind dem doch wohl scheißegal.

Hat alles nichts genützt, wir mussten es trotzdem machen.

Ihr, Professoressa, seid immer am ehrlichsten und nettesten von allen Lehrern und habt gesagt, wir sollen einen Brief an den Papst schreiben.

Der von Herzen kommt und ein bisschen auch vom Kopf, Hauptsache, sonst von nirgendwo.

Also hab ich den Brief geschrieben und dann abgeschickt.

Wir haben aus allem ein Päckchen gemacht, den Briefen, Bildern und Scheiß-Keramikkreuzen. Das haben wir Don Vicienzo gegeben und der Vogelscheuche.

Wenn ihr mich fragt, dann landet das alles im Müll, sobald die um die Ecke sind, und der Papst kriegt nix.

Aber wir tun so, wie wenn ers kriegt.

Ich hab das an den Papst geschrieben:

Lieber Papst,
hier im Knast sind sie uns auf den Nerv gegangen damit,
dass wir euch ein Briefchen schreiben solln, aber ihr seid
nicht der Weihnachtsmann, der Wünsche erfüllt, und
habt anderes zu tun.
Das seid ihr sehr wohl, haben sie uns hier gesagt.
Ihr seid sogar noch besser wie der Weihnachtsmann!
Wir können euch alles fragen, was wir wollen, und ihr
antwortet uns.
Dann fang ich mal mit fragen an:

Warum gibt es keine Päpstin und warum heiratet ihr
nicht?
Ihr denkt wohl auch, dass die Frauen ein Unglück sind,
stimmts?

Aber das hängt von der Frau ab, lieber Papst.

Ich hab nicht viel Erfahrung, aber ein bisschen schon. Je-denfalls mehr als ihr, weil ihr seid ein bisschen rückständig. Manche Weiber sind noch schlimmer wie die Kerle, das stimmt. Und manche sind Nutten oder gehn einem ein-fach tierisch auf den Sack.

Meine Mutter kann die reinste Hyäne sein, aber sie ist kein schlechter Mensch. Auch sie braucht Gebete, sogar mehr wie alle andern.

Signora Martina, die uns Italienisch beibringt, ist auch eine Frau und geht keinem auf den Sack. Aber eigentlich müsst ihr das natürlich ihren Mann fragen, der weiß si-cher mehr.

Und dann kenn ich noch eine Frau, Natalina, mit der ich geh, und sie ist auch nicht schlecht.

Ich denke, wenn ihr eine anständige Frau finden würdet, eine Frau, die kocht und putzt, dann würdet ihr viel-leicht auch heiraten, eine Familie gründen und zur Ruhe kommen.

Lieber Papst,

ich hab noch andere Fragen. Aber ich weiß nicht, ob ihr die Zeit habt, die alle zu beantworten, und will euch nich nerven.

Wofür gibt es überhaupt die Messe? Reicht es Gott nicht, wenn wir zu Hause für uns beten?

Vertraut er uns nicht?

Daran tut er gut.

Und:

Warum müssen wir den Leib Christi essen, wenn töten Sünde ist?

Begehen auch die Päpste Sünden oder dürfen sie das nicht?

Gibt es auch junge Päpste oder müsst ihr unbedingt alt und krumm sein?

Gibt es den Teufel wirklich oder habt ihr den nur erfunden, damit die Priester Angst kriegen?

Redet ihr wirklich mit Gott oder träumt ihr das nur, vielleicht habt ihr ja schon ein gewisses Alter?

Und wenn ihr mit dem redet, redet dann nur der, wie ein Star, oder dürft ihr auch was sagen?

Gott denkt doch, er weiß alles.

Aber wenn ihr mich fragt, gibt es einiges, was er nicht weiß, er tut nur so, als ob.

Und wenn ihr mit dem redet, erhört er euch dann auch?

Oder ist es genauso, wie wenn andere Leute und nicht der Papst für etwas beten?

Ich hab nie mit dem geredet, weil ich denke, er hat Besseres zu tun und vor allem, weil ich weiß, was Respekt ist. Er ist Gott und ich bin nur Zeno.

Und noch eine Frage hätte ich:

Wenn wir sterben, stellt uns Jesus dann vor Gericht oder können wir da ganz beruhigt sein?

Ich hab da nämlich schon mal gestanden und es ist nicht so gut gelaufen. Sie haben mich hier in den Knast ge-

steckt, für ein schweres Verbrechen. Aber wofür, verrate ich euch nicht, ich hoffe, ihr wisst es nicht, sonst schickt ihr mich noch in die Hölle, dabei kennt ihr mich gar nicht, und das ist nicht gerecht, weil vorher müsst ihr mir wenigstens einmal die Hand schütteln.

Die Lehrer haben gesagt, dass ihr sogar hier nach Nisida kommt, wenn ihr Zeit habt.
Jedenfalls, wenn oder falls ihr hier aufrauscht, erwartet bloß nicht, dass wir unsere Verbrechen bereuen, nur damit wir gut dastehen, vor euch und den Priestern in eurem Schlepptau.

Ich zum Beispiel habe nix bereut, weil ich weiß gar nicht, wie das geht.

Sie haben uns gesagt, dass ihr Gnade tun könnt, aber auch, dass Gott kein Geldautomat ist und wir für eure Gnade Geduld mitbringen müssen und beten, beten und nochmals beten!
Aber tschuldigung, was isn das fürne Gnade?
Das is doch Bullshit!
Und den könnt ihr für euch behalten!
Wir brauchen hier echte Gnade und kein Schmiergeld!
Aber ich will hier jetzt nicht ausrasten, weil ihr seid ja der Papst und habt Wunderkräfte!

Ich wollte euch jedenfalls sagen, dass ich keine Ahnung hab vom Beten.
Das hat mir keiner beigebracht.

Also betet ihr für mich.
Herzliche Grüße an euch und eure Familie.

Zeno Iaccarino.

Etwas Wichtiges hab ich noch vergessen:
Der Priester, den ihr hier nach Nisida geschickt habt, ist ein Arsch.
Also, lieber Papst, entlasst ihn.

MEINE FAMILIE hab ich mir nicht ausgesucht, das is hier ja kein Supermarkt.

Man kommt per Zufall auf die Welt, da entscheidet keiner was.

Ihr, Professoressa, kommt bestimmt aus einer ehrlichen Familie, die aber keine Milliarden besitzt.

Genau wie euer Mann.

Und eure Tochter ist euer Kind.

Ich aber bin das Kind von einer Hure und meinem Vater.

Carmine ist das Kind von Zuhältern. Corradino das von Camorra-Leuten. Peppiniell' sein Vater beklaut die Leute in der Straßenbahn zwischen Fuorigrotta und Mergellina. Gaetano, der jetzt tot ist, war das Kind von nem Hungerleider. Gennaro ist das Kind von nem Scheißkerl. Marietto gehört zu keinem.

Ob wir mal anders sein werden, wenn wir groß und erwachsen sind? Keine Ahnung.

Ich kann vielleicht Schriftsteller werden, hab ich ja schon gesagt, aber ob ich das kann oder ob das nur Blödsinn ist, keine Ahnung.

Weil ich will mir keine Illusionen machen, dann fühl ich mich am Ende nur scheiße.

Also, ihr habt mich neulich in der Stunde beiseitegenommen und gesagt, wenn ich wirklich Schriftsteller werden will, dann muss ich immer schreiben und darf nie mehr damit aufhören, nicht nur jetzt. Nie mehr. Für immer.

Ich muss über mein Leben schreiben.

Alles, auch wenn es ein bisschen zum Kotzen ist, das macht nichts.

Also, ich hab nachgedacht, über das Leben in Büchern und Romanen.

Und wenn ihr mich fragt, ist kein Leben so geil, dass es ein Buch füllen kann.

Der berühmte Zeno, der euch so gefällt, hat es den überhaupt wirklich gegeben oder steht dahinter nur ein Idiot, der sich das ausgedacht hat?

Also, an mir ist nix ausgedacht!

Mamma hat mich gemacht, ohne vorher was zu denken.

Ich war da, Punkt aus.

Den 3. August.

Mamma hat mich zu Hause gemacht wie die Pasta, obwohl Pastamachen hat sie nie gekonnt, ein Baby schon.

Ich bin einfach so gekommen, unangemeldet, ich sollte erst im Herbst kommen, oder vielleicht hat Mamma falsch gerechnet.

Ob mein Vater da im Knast saß oder draußen unterwegs war, keine Ahnung. Meine Schwester Vittoria war noch klein und konnte ihr nicht helfen.

Meine Mutter hat mich also allein auf die Welt gebracht, noch nichmal der Ewige Vater hat geholfen.

Als ich rausgekommen bin, hatte ich nen Kopf wie ne Zucchini, hat Mamma gesagt. Schrecklich lang. Ich war hässlich und beharrt wie ein Affe. Aber mit der Zeit hat sich das zurechtgerückt. Und sie hat mich von Anfang an geliebt, auch wenn ich keine Schönheit war. Kinder sind schließlich kein Museum, hat Mamma immer gesagt.

Sie haben mich in Forcella getauft, da hatte ich noch den Zucchini-Schädel, von da hab ich mich auch nie wegbewegt, außer zum Klauen in Mergellina und manchmal in Posillipo usw. usw.

Ich bin fünfzehn und vier Monate. Am liebsten würde ich immer so bleiben, genau so alt, auch wenn ich hier rauskomme. Aber die Zeit vergeht und fragt keinen um Erlaubnis.

Wir sind hier nicht alle gleich alt.

Marietto zum Beispiel hat nur ein ungefähres Alter, er weiß nicht, wann genau er geboren ist. Darum habn ihm die Richter ein Alter verpasst, im Prozess, weil ein Alter muss sein.

Er hätt das nicht gebraucht, er scheißt da drauf.

Aber wenn dir einer eins geben will, findet er immer eins und sie haben einfach rumgesponnen. Sie haben gesagt: »Du bist vierzehn oder so.« Aber wenn ihr mich fragt, dann ist Marietto noch ne Ecke jünger und das hat den Richtern nicht gepasst.

Corradino mag sein Alter nicht, es kotzt ihn an. Fünfzehn sind nix für ihn, die sind für nix zu gebrauchen. Er will volljährig sein, damit er eine richtige Maloche findet, wenn er mal rauskommt. Und manchmal will er am liebsten fünfzig sein, damit er alles besser versteht und wie ein richtiger Kerl behandelt wird. Und manchmal sogar sechzig, aber ich denke, dass ist sogar für einen Erwachsenen zu alt.

Ich jedenfalls feier meinen Geburtstag nie, schon seit Jahren nicht, auch nicht, wie ich noch draußen war.

Ich weiß gar nicht mehr, wie das geht!

Mamma hat mir nie einen Kuchen gebacken, so mit Kerzen drauf, aber nur weil sie keine Kohle hatte, gewollt hätt sie schon.

Wie ich noch Piccirillo war, hat sie immer »Alles Gute zum Geburtstag« gesagt und mir einen großen Schmatzer gegeben.

Sie hat sich das Datum genau gemerkt.

Also wusste ich, dass dann mein Geburtstag ist und kein Tag wie alle andern. Aber draußen auf der Straße war es wie immer, ein Tag wie alle andern.

Aber wie Mamma dann anschaffen gegangen ist, hat sie mir morgens keinen Kuss mehr gegeben und den Überblick über meinen Geburtstag verloren.

Erst die Richter beim Prozess haben mich wieder an mein Geburtstag erinnert. Aber nicht um mir ein Geschenk zu machen!

In Nisida feiern wir nie, weil umso älter man ist, umso näher rückt der Knast für Volljährige. Da gibt es nichts zu feiern. Im Gegenteil, da will man eher weinen, beten oder sogar sterben, ich aber nicht, ich bin noch quicklebendig.

An einen Geburtstag, an den kann ich mich aber erinnern, da war ich noch draußen.

Noch bevor ich Michele ausgeknipst hab.

Ich erinner mich daran, weil es genau dieser Tag war.

Ich war mit meiner Süßen zusammen, in der Nacht vom zweiten auf den dritten August. Ich hatte Bock, mit ihr zusammen zu sein, mehr wie irgendwann sonst.

Mit dem Roller hab ich Natalina abgeholt, vor ihrem Basso, wie immer am Abend, wenn ihr Vater schon geschlafen hat.

Ich hab gar nicht dran gedacht, dass am nächsten Tag mein Geburtstag ist, Natalina aber, weil Frauen ist so was wichtig.

Diesmal wollte ich die ganze Nacht mit ihr verbringen, bis die Sonne vom Schlafen genug hat und wieder aufsteht.

Die Luft war klebrig.

Die Mückn haben uns Arme und Beine zerstochen.

Darum sind wir zur Promenade an der Via Cracciolo gefahren, da ist die Luft ein bisschen frischer.

Ich hab geparkt und wir haben uns den Müll angeguckt, den die Leute ins Meer geschmissen habn.

Da hat Natalina mein Gesicht in ihre Hände genommen, mir in die Augen geblickt und gesagt, dass sie mich liebt.

Aber nur für diese Nacht.

Sie hat es mir erklärt.

»Aber nur für diese Nacht heute!«, hat sie gesagt. »Weil du um Mitternacht Geburtstag hast. Glaub bloß nicht, dass ich dich morgen immer noch liebe, das wär nämlich gelogen!«

Da hab ich mich wieder an meinen Geburtstag erinnert.

Und das war das letzte Mal, dass ich den wirklich gefeiert hab, aber auch das erste Mal.

Und nie war es so schön wie dieses Mal, weil ich meine Süße hatte und sie mir gesagt hat, dass sie mich liebt.

Wenn auch nur für eine Nacht.

JETZT IST EINER nach Nisida gekommen, den ich kenn.

Er heißt Tonino o'Bulldog.

Und sieht so grässlich aus wie ein Hund.

Tonino o'Bulldog wohnt in Forcella, zwei Gassen über uns.

Als Junge wollte er Fußball in der Nationalmannschaft spielen, er ist nicht als Verbrecher auf die Welt gekommen, aber das hat er vom Onkel geerbt, irgendwann passt man sich an.

Wir sind uns nie wirklich begegnet in Forcella, zwischen uns liegen ein paar Jahre und wir haben nichts Kriminelles zusammen gemacht. Er ist älter, ich glaub, siebzehn.

Tonino o'Bulldog haben sie beim Dealen erwischt, aber nur mit wenig. Ich hab nicht kapiert, wie viel er gekriegt hat, aber viel kann es nicht sein.

Ich meide ihn wie die Pest.

Ich wills nicht wissen, was in letzter Zeit bei mir in der Nähe passiert ist, weil ich war nicht da und das zählt darum nicht.

Wenn was passiert, was nicht passieren darf, muss ich das nicht wissen, weil ich krieg ja keinen Besuch oder Brief.

Ich will das nicht wissen.

Aber Tonino o'Bulldog guckt mich manchmal so an. Nicht aggro, er guckt mich an, punktum.

Aber er macht das mit Absicht, das weiß ich.

Unter uns gesagt, ich würd ihm am liebsten die Fresse polieren, weil mich darf keiner anglotzen.

Ich soll mich beruhigen, sagt Corrado.

Ich würd mich da in was reinsteigern, ich solls einfach vergessen. Wenn ich nix sag zu dem, würd der auch nix sagen. Er tut doch nix machen, wenn er mich anguckt, mit dem haben wir doch nix zu schaffen, wir kümmern uns um unsere eigenen Angelegenheiten.

Aber jedes Mal, wenn ich Tonino seh, steigt mir die Galle hoch.

Und damit ich mich beruhige, hat mir Corradino gestern die Karten gelegt, weil ich geh ihm damit tierisch auf die Nerven, hat er gesagt.

Er hat gelegt:

Vier Schwerter, drei Kelche, acht Münzen und Ciro Ferrara, aber verkehrt rum.

Die Vier Schwerter stehen für die Frau, die Kelche für die Kinder, also drei, die Münzen für Kohle, aber für das zu verstehen, muss man kein Genie sein, aber Ciro Ferrara würde auf jeden Fall Glück bedeuten, weil das ist Ciro Ferrara.

Er hat mir eine wunderbare Zukunft vorhergesagt.

Er kann mich mal, hab ich gesagt.

Mit meiner Vergangenheit kann die Zukunft gar nicht das Beste sein, was je in meinem Leben passiert.

Heute ist Maria Empfängnis.

Das ist, glaub ich, ein Geburtstag, aber genau weiß ichs nich.

Jedenfalls, draußen müssen die heut nich malochen. Ich hab allerdings auch an kirchlichen Feiertagen gearbeitet. Wir haben die Kohle gebraucht, und da kann man nicht einfach mit Arbeiten aufhören, nur weil ein Pfaffe das befielt.

Heute Morgen habn wir gebetet, zusammen mit der Vogelscheuche, und der Madonna gedankt. Ich hab aber nur so getan, weil ich wollte meiner Mamma danken und nicht der von irgendwem.

Außerdem war ich müde, weil ich in der Nacht unruhig geschlafen hab.

Ich hab geträumt, ich bin tot, so wie der, den ich umgebracht hab. Ich war tot, aber ohne Blut, man kann auch sauber abkratzen.

Jedenfalls wars gar nicht so schlimm.

Ich hab mich sogar in einen Geist verwandelt.

Also, ich war tot, aber nicht zu tot.

Das war echt schön, ich konnte durch die Wände gehen, durch die Türen und jedem in die Fresse spucken, wie ich wollte. Also bin ich als Erstes zu Costantino nach Hause gegangen und hab ihn verprügelt. Ich hab ihn geschlagen und getreten. Und keiner konnte mich einlochen, ich konnte ja einfach durch die Tür gehen. Die Richter mussten jetzt mal ganz still sein.

Das hat sich besser angefühlt wie das unendliche Meer.

Aber ob ich wirklich sterben will, weiß ich noch nicht, das entscheide ich noch.

Na ja, logisch müssen wir alle irgendwann ins Gras beißen und haben keine Wahl, ich bin ja kein Idiot!

Doch wenigstens den richtigen Moment würd ich mir gern selbst aussuchen.

Hauptsache, dass viele um mich weinen, wenn ich mal sterbe. Corradino hat gesagt, er weint auf jeden Fall. Und wenn er zuerst stirbt, weine ich um ihn. Und wenn wir beide gleichzeitig abkacken, keine Ahnung, wie wirs machen sollen, das sehn wir dann.

Doch nach dem Traum, wo ich tot bin und ein Geist, hab ich geträumt, ich wär ein schwarzer Schatten.

Den man anfassen kann, also kein normaler Schatten. Ich konnte die Hand reinstecken, er war weich wie Schokoladenmus.

Aber auf einmal hat er mich verfolgt und ich konnt nich weg.

Da bin ich aufgewacht und hab gebrüllt, dass in meiner Abteilung alle eine Gänsehaut gekriegt haben.

Ich hab auf der Stelle Corrado gefragt, was der Traum bedeutet, er ist ja Wahrsager. »Arschloch«, hat er nur gesagt, ich soll gefälligst weiterschlafen, es ist erst vier und er müde. Bei meinem Gebrüll kriegt er sonst noch ein Trauma.

Also weiß ichs nicht.

Und ehrlich gesagt, beim Aufwachen bin ich immer irgendwie unruhig.

Darum hab ich mit dem Pchsyologen hier gesprochen.

Da kann man hingehen, wenn man traurig ist oder zu glücklich, weil wenn du eingelocht bist und glücklich, dann kann das nicht normal sein!

Der pchsyatrische Arzt hat aber nichts gesagt.

Er wollte mir nur ein Mittel geben, damit ich besser schlafe und wach werde. Er hatte eigentlich keinen Bock, er ist echt unfähig.

Ich bin aber kein Idiot, ich schmeiß keine Drogen ein, nicht mal, wenn sie legal sind.

Weil dann hast du Drogenträume.

Ich hab mich nur einmal zugedröhnt und das hat mir nicht gefallen, weil es ist falsch.

Es gibt hier drinnen zwei oder drei, wie sie heißen, sag ich euch allerdings nicht, ihr wisst es eh. Sie haben draußen Drogen geschluckt wie Erwachsene, und einer ist echt abhängig, er heißt Saverio Esposito.

Wie Saverio hier angekommen ist, mussten die ihn fesseln und betäuben.

Ich will keine Fesselträume träumen.

Also frage ich mich: Wie träumt man ganz normal, ohne diesen Dreck einzuwerfen?

Die Träume retten uns, habt ihr gesagt, Professoressa, so wie die Gebete.

Wenn der Pfaffe oder die Vogelscheuche das hört, dann schwärzen sie euch bei Gott an oder sogar beim Direktor, diesem Armleuchter, und der wird euch nicht mal in Schutz nehmen.

Ich hab vergessen, wie man richtig träumt.

Ihr müsst es uns demnächst mal wieder beibringen.

Wir geben uns auch Mühe, versprochen. Und wer sich keine Mühe gibt, dem bring ichs bei, im Guten wie im Schlechten, wie er euch respektiert.

Wir müssen uns alle still und stumm vor euer Pult setzen und zuhören.

Wieso bringt ihr uns überhaupt die Zahlen bei?

Das müsst ihr der Professoressa Katia mal sagen, dass die zu nix taugen. Die kennen wir, bei den ganzen Berechnungen, die wir anstellen müssen mit der Strafe, den Sondererlaubnissen, der Bewährung. Die kennen wir zuallererst und vergessen sie zuallerletzt.

Man kann auch mit offenen Augen träumen, habt ihr gesagt, dafür braucht man keine Drogen.

Ich habs versucht mit Augen offen, wie ihr gesagt habt.

Ich habe die Zellnwand gesehen, mit den ganzen Wörtern drauf, von uns und den, die vor uns hier warn: Namen, Nachnamen, Schwänze und geile Cazzetielli-Würstchen.

Mein Name steht auch da.

Dann hab ich eine Kakerlake gesehen, die die Wand hochgekrabbelt ist, groß wie ne Hand.

Sie hat mich angeguckt.

Da ist mir die Lust am Träumen vergangen.

Was ich am meisten vermisse, von allem da draußen, ist das »draußen«.

»Draußen«, das ist so vieles: unser Basso, auch wenn es kaputt ist, Mamma, auch wenn sie eine Hure ist, das geile Frittierte, die quietschenden Reifen beim Bremsen.

»Draußen« ist meine Süße, ihre Hände, ihr schiefer Blick, ihre Arme und Beine, ihr Mund.

Freunde vermisse ich keine, weil die Leute in Forcella sind doch alle Loser, Bettler und Hausierer.

Meine Bekannten aus den Gassen hab ich nur vom Sehen gekannt, man weiß, wie die heißen, was die arbeiten, aber die kennst du nicht wirklich.

Außer Pasquale Maria, der war zwei Jahre älter als ich, aber das hat man nicht gemerkt.

Wie wir noch klein warn, haben wir gekickt und verstecken gespielt, wir habn uns echt gut verstanden, weil wir beide genauso anders warn.

Pasquale Maria seine Mamma hat ihm einen Mädchennamen gegeben, die Madonna heißt so. Sie hat gedacht, das hilft ihm, so wird er mal wer.

Aber schon mit neun war Pasquale Maria illegaler Parkwächter auf der Piazza Dante, er wollte nicht wer werden.

Dann hat er mich kennengelernt und das hat es noch schlimmer gemacht, weil ich ihn zum Touristen abziehen mitgenommen hab.

Seine Mamma hat mich verflucht wie den Teufel und gemeint, es ist meine Schuld, wenns den Bach runtergeht mit ihrem Sohn. Und vielleicht hatte sie sogar recht.

Wie ich dann mit Ciro voll ins Business eingestiegen bin, hab ich Pasquale Maria nicht mehr gesehen. Seine Familie ist weggezogen aus dem Viertel, sie wollten eine Luftveränderung.

Aber das hat nichts gebracht.

Sie habn ihn noch vor mir nach Nisida gesteckt.

Das habn mir welche erzählt.

Aber seit ich hier bin, hab ich ihn nicht gesehen. Ich hab mir alle genau angeguckt, jeden Einzelnen, jedes Gesicht, und wir sind nicht Millionen.

Ich hab ihn nirgendwo entdeckt.

Pasquale Maria geht mir ein bisschen ab, weil, wie ich das seh, warn wir Freunde, nur wir wussten das nicht, und sowas kann man nicht vergessen.

Ich hab auch Corradino gefragt, was er von da »draußen« vermisst. Nichts, hat er gesagt, aber wenn ihr mich fragt, dann lügt der. Alles vermisst er.

Marietto vermisst seine Eltern, die er nicht kennt.

Bei den anderen weiß ichs nicht, hab sie nicht gefragt, es geht mich ja auch einen Scheißdreck an.

Ehrlich gesagt, Professoressa, wir können euch nicht sagen, was genau wir am meisten vermissen.

Ihr habt mich gefragt, ob ich die kriminellen Geschäfte vermisse.

Die vermisse ich nicht, aber dass ich jemand bin, das schon.

Jetzt bin ich ein Niemand.

Ich bin nur ich und das ist nichts.

In Forcella war ich auch ich, aber die Leute hatten Angst vor mir, weil ich hatte die richtigen Kontakte, eine Knarre und Ciro, der mit Nachnamen übrigens Varriale heißt, jetzt wollt ichs euch doch sagen.

Er hat mich beschützt, aber nicht aus Freundschaft. Er hat nur seine Geschäfte beschützt.

Und davon war ich ein Teil.

Ciro scheißt auf das Leben, sogar auf den Tod. Der will nichts wie befehlen und Geld scheffeln. Wenn der abkratzt, ist der noch glücklich.

Er saß zig Mal in Poggioreale, aber nie wegen dem, was alle wissen und keiner sagt, echt schlimme Sachen.

Ciro stecken sie nur wegen Kleinigkeiten in den Knast oder nur in Untersuchungshaft. Dann zahlt er einen guten Anwalt, der noch schlimmer ist wie er und der holt ihn da raus, das Unschuldslamm.

Dann fängt er wieder von vorn an, nur noch schlimmer.

In den Gassen nennen wir ihn O' Cecato, den Blinden, weil, wie er noch Piccirillo war, hat er sich einen Stift ins Auge gerammt, er wollt beweisen, das er alles kann, auch totalen Scheiß.

Er hat jede Menge Leute kaltgemacht, aber nicht, weils sein musste, das macht dem Spaß.

Als er wollte, dass ich für ihn arbeite, konnt ich nicht Nein sagen.

Und Mamma auch nich.

Wie ich dann für Ciro malocht hab, hat Mamma von ihm keine Kohle mehr genommen.

Er hat alles umsonst von ihr gekriegt.

Mamma wollte nur, dass Ciro mich beschützt, sonst nix. Aber am Ende hab ich mich nur selbst beschützt.

Gegen fünf, halb sechs ist Ciro zu uns gekommen. Kurz davor bin ich dann raus, ich wollt ihn besser nicht sehen. Hab mit dem Roller ne Runde gedreht.

Wenn ich wieder da war, war er weg und wir konnten mit der Maloche anfangen.

Mamma und ich haben die Tütchen vorbereitet, spät am Abend oder in der Nacht.

Dann habn wir sie unter der Matratze versteckt oder in der Klospülung, aber mit Folie.

Bei uns machen sie nie ne Hausdurchsuchung, das hat Ciro genau gewusst. Mamma betreibt ihr Business am hell-lichten Tage. Und das ist nicht verboten, sie hat ja freiberuflich gearbeitet.

Morgens bin ich dann losgezogen und hab die Tütchen geliefert, aber erst nachdem mir einer gesagt hat, wann und wo.

Das Problem ist, dass Ciro sich mit einem angelegt hat, mit Marcello.

Der wollte in Forcella allein das Sagen haben.

Und das hieß Krieg.

Wie in den richtigen Kriegen, Professoressa, von denen ihr uns in der Schule erzählt. Nur ohne Panzer, weil die passen nicht durch unsere Gassen. Sonst hätten wir die auch.

Im Krieg geht schon mal einer tot vom Feld oder auch mehrere, je nach Schlacht.

Schwerverletzte gibt es auf jeden Fall.

Ich bin da immer lebend rausgekommen, aber manchmal nur knapp.

Seit ich Michele ausgeknipst hab, hat Ciro mich vergessen.

Mit der Strafe, die sie mir aufgebrummt haben, kann er mich nicht mehr gebrauchen. Auch Mamma hat er bestimmt vergessen, aber sie ist das gewöhnt, dass man sie vergisst.

In den Gassen gibt es aber auch anständige Leute, nicht alle sind kriminell wie ich oder Ciro. Das muss ich auch schreiben, das ist nur richtig.

Die Anständigen tun keinem weh, malochen und haben nicht mal ne Knarre im Haus.

Wie Natalina ihr Vater und andere wie er.

Vielen von denen geht das alles tierisch auf die Eier, weil wir noch Kinder sind und der Tod schon unser Freund.

Deshalb wollen sie, dass der Staat Gesetze gegen uns macht, die Minderjährigen.

Die labern ständig, dass sie uns ändern wollen. Dass das so nicht gut mit uns läuft.

Aber ihr könnt uns doch nicht ausradieren und neu machen!

Ihr müsst schon noch was von uns übrig lassen.

Sonst erkennt unsere Mamma uns nicht wieder, wenn wir hier rauskommen.

Und verlässt uns.

Und dann sind wir wieder verloren und stehlen und morden, wir kehren ja immer in die Scheiße zurück und dann noch ohne eine Mamma, die uns liebt!

Also ändert uns ruhig, aber nur ein bisschen.

Die Anständigen haben auch die Politiker auf ihrer Seite. Und die sind oben!

Aber wenn ihr mich fragt, dann müssten die mit den Gesetzen zuerst an uns in Nisida denken.

Dann an die Frauen wie Mamma, dann an die, die ein bisschen besser dastehn, aber echt nur ein bisschen, dann an die armen Schweine und ganz zuletzt erst an die Drogis.

Aber nicht an Leute wie Ciro.

Er hat Gesetze, die ihm nützen, nämlich gar nicht verdient.

Wisst ihr, Professoressa, was Ciro Varriale auf dem Arm hat? Ein Tattoo von der Madonna. Wenn Ciro mal stirbt, holt Jesus ihn direkt ins Paradies, weil auf dem Arm hat er ein Foto von seiner Mamma.

Jesus ist aber nicht bescheuert!

Wenn ihr mich fragt, dann landet Ciro trotzdem in der Hölle, und da treffen wir uns dann wieder.

Versprochen!

Und ich spuck ihm in die dreckige Fresse, für alles, was er den Leuten antut und angetan hat, vor allem Mamma und mir.

Ich lande garantiert in der Hölle, für den, den ich umgebracht hab, von dem ich den Namen nicht weiß und der Michele heißt.

Ihr sagt, Professoressa, das stimmt gar nicht, wir kommen gar nicht in die Hölle, es gibt für alle Hoffnung, die Jungen haben da nichts zu suchen. Minderjährige haben gar keinen Zutritt.

Wenn ihr mich fragt, dann sagt ihr das nur, weil ihr ein guter Mensch seid und vor sowas Angst habt.

Ihr landet nie und nimmer in der Hölle, nicht mal zu Besuch wie hier. Die lassen euch da nicht mal in die Nähe, weil ihr sogar gut seid zu Leuten wie ich.

Aber ich hab keine Angst vor sowas.

Das darf ich auch nicht, das hab ich euch ja schon erklärt.

Also wandere ich eben in die Hölle, was solls.

Da kanns niemals schlimmer sein als in meinem Leben vorm Tod.

Ich muss bereuen, was ich getan hab, sagt die Vogelscheuche, dann komm ich vielleicht (aber nur vielleicht!) ins Fegefeuer, zu den Toten, für die Gott noch keinen Platz gefunden hat, so groß ist das Paradies nun auch wieder nicht.

Aber ehrlich gesagt, manchmal denk ich doch dran.

Ans Paradies.

Sogar an die Engel, obwohl ich nie kapiert hab, sind die jetzt als Engel auf die Welt gekommen oder warn das mal Menschen wie alle andern.

Ich komm ganz bestimmt ins Paradies, sagt ihr immer, Professoressa.

Wenn ihr das meint, dann seid ihr besser als die Vogelscheuche und habt vielleicht den falschen Beruf. Für eine Nonne seid ihr aber zu schön, und das sag ich euch nur jetzt, einmal, ich wiederhols nicht nochmal.

Und eins will ich noch gern wissen: Wenn ihr das sagt, meint ihr das dann in echt oder macht ihr euch nur lustig über mich oder wollt nur, dass ich fröhlich bin?

Was meint ihr, nehmen sie mich da oben trotz dass ich einen umgebracht hab, der Michele heißt?

Oder wollen die auch, dass ich mich ändere, wie die vom Gesetz?

Oder können die mich nicht einfach sofort von da oben ändern?

Aber eigentlich will ich mich gar nicht ändern, Professoressa.

Bloß nicht.

Ich bleib »ich«, auch wenn ich tot bin.

Stimmt doch, oder?

Gestern ist einer aus Bologna angekommen, der spricht unsere Sprache nicht, er ist Italiener.

Alle wollten ihm sofort den Kopf zurechtrücken. Allen voran ich, damit er gleich weiß, wie das hier läuft.

Ich hab mich vor dem aufgebaut und gefragt, wo er hingehört, aber der hats nicht kapiert.

Dann hab ich gefragt, wie viel Jahre er gekriegt hat, und er hat gesagt, keine Ahnung, er wartet noch auf den Prozess.

Da hab ich ihm klargemacht, dass ich hier das sagen hab, weil ich hab einen kaltgemacht und das is nicht nichts. Ich hab ihm einen Ellenbogencheck verpasst, aber nur leicht, als Warnung.

Da hat der mich angeguckt und gesagt, er hat auch einen kaltgemacht, seinen Vater, und da stand ich plötzlich da wie ein Idiot.

Dem Typ sein Vater ist aus Napoli, aber die Mutter aus Bologna. Das ist eher selten hier in Nisida, weil außer Abdu kommen wir alle aus neapolitanischen Familien, Mutter, Vater, Großeltern und alle davor, wo wir die Namen nicht mal wissen.

Jedenfalls der Typ aus Bologna, der gerade angekommen ist, heißt Arnoldo Francesco De Falco, wie ausgedacht, aber so heißt der wirklich.

Ich hab gleich gesagt, ich nenn ihn Totò, das ist einfacher, und er so, okay Mann.

Totò hat seinen Alten letzte Woche kaltgemacht. Mit zwei Messerstichen.

Sein Vater war Anwalt, so wie die richtigen im Gericht, nicht wie der, der mich verteidigt hat. Ein normaler Anwalt, nicht steinreich und nicht steinalt, weil bei den Anwälten, da gibt es auch junge und Hungerleider, anders wie bei den Zahnärzten und Mafiosi.

Totò seine Mamma hat sofort zu ihrem toten Ehemann gehalten. Du Drecksmörder, hat sie zu ihrem Sohn gesagt, und das ist schwer zu ertragen, auch wenns stimmt.

Totò hat gestanden, aber gesagt, es war Notwehr.

Doch wer glaubt dem schon.

Ich ja, aber die Richter nicht und darum haben sie ihn in den Knast gesteckt wie uns alle hier.

Ich hab ihn getröstet, weil auch bei mir und Michele ist es ja Notwehr. Und ich bin trotzdem hier. Dann ist mir eingefallen, wie ich in Nisida angekommen bin und kein Schwein gekannt hab.

Also hab ich ihm gesagt, dass hier sein zweites Leben beginnt.

Ihr seht Totò im Januar, Professoressa, wenn er zur Schule kommt, jetzt muss er sich erstmal eingewöhnen. Und bis dahin ist auch kein Platz in der Schule frei, er muss bis Neujahr warten. Ich hab ihm gesagt, dann stell ich ihn allen Lehrern vor und dass ihr von allen die Beste seid, mit allem Respekt für alle andern, die ihr vergessen könnt.

Ich fand ihn gleich sympathisch, außer dass er aus Bologna kommt, das ist im Norden, aber nicht ganz. Hab ihn gleich mit allen bekannt gemacht, damit er sich besser fühlt, weil wenn man die Namen kennt, hat man gleich weniger Angst. Ich hab ihm alle vorgestellt, die da warn: Marietto, Carmine, Rinuccio und noch drei andere.

Tonino o'Bulldog war auch da, aber den hab ich nicht vorgestellt.

Aber er ist trotzdem dazugekommen und hat Totò die Hand gegeben. Mit Name und Vorname.

Dann hat er mich angeglotzt.

Und diesmal hat er doch was gesagt.

Wir beide, wir brauchen uns ja nicht vorstellen, hat er gesagt, weil meine Fresse sagt ihm was, er erinnert sich irgendwie an mich.

Und ich hab gesagt, dass meine Fresse keinem was sagt, wenn ich das nicht erlaube, und ihm erlaub ichs ganz bestimmt nicht.

Aber er hat nicht aufgehört und gesagt, dass ich doch Zeno heiß.

Und mit Nachname Iaccarino.

Ich hatte nichmal Zeit zu antworten, da ist Corradino von hinten gekommen, wie ein Traktor.

Und hat dem ins Gesicht gesagt:

»Ich bin Corrado Palumbo und wenn dir der Name Zeno was sagt, dann meiner wohl auch.«

Und weil der Name Palumbo jedem was sagt, hat Tonino auf der Stelle das Gedächtnis verloren und meinen Namen vergessen. Aber bevor er gegangen ist, hat er mich nochmal angeglotzt.

Da ist mir ganz schön die Galle hochgestiegen.

Mach dir wegen Tonino o'Bulldog keine Sorgen, hat Corradino gesagt. Der hat keine Eier in der Hose und sogar Angst vor einer Schwuchtel wie er eine ist.

Und Corradino war den ganzen Tag wahnsinnig zufrieden, weil er sich wie ein erwachsener Kerl gezeigt hat.

Er kam sich groß vor und hat vor allen, sogar den Schließern, damit geprahlt, dass er mich, einen Mörder, verteidigt hat, weil der sein Freund ist.

Ich hab ihn machen lassen, weil wenn ihr mich fragt, dann hat er das gebraucht, und außerdem hats mir gefallen, wie er rumgelaufen ist und jedem erzählt hat, wie toll und wichtig er ist.

Das hat ihn daran erinnert, wie er noch echt bei der Camorra gewesen ist. Und er hat sich gut gefühlt.

Aber dann ist ihm auf einmal wieder Pompeji und sein Vater eingefallen.

Und seine Mamma.

Und da ist Corradino wieder zum Baby geworden.

Aber ich mag ihn auch so.

Letztens war der »Tag der Zukunft«.

Wirklich genau so: »Tag der Zukunft«.

Dann hab ich kapiert, dass es eigentlich darum geht, dass der Direktor sein Gewissen reinwäscht, und deshalb noch ein Hühnchen mit uns zu rupfen hat, wobei wir, logisch, echt Besseres zu tun habn.

Wir waren alle in dem großen Saal, wo sonst die Messe ist.

Er war da und der Sozialhelfer, der keinem hilft, weil das sind ja auch nicht seine Probleme.

Der Direktor hat von der »Zukunft« geredet, die ich allerdings noch nirgends gesehn hab, was ja normal ist, weil die Zukunft ist erst morgen und nicht heute.

Er hat gesagt, die Zukunft, die ist das Leben da draußen, wenn und falls wir hier lebend rauskommen.

Der Direktor hatte jede Menge Leute eingeladen, weil dem ist nix zu peinlich.

Das warn alles normale Leute, nicht wie wir. Leute mit Zeugnissen und sauberen Papieren.

Der eine war Arzt, einer hat Fußball gespielt, aber nur draußen in Afragola, einer hatte eine Trattoria in Mergellina und einer einen Schrotthandel in Fuorigrotta.

Wenn ihr mich fragt, hat der Direktor dafür gezahlt, dass die kommen.

Sie haben uns alle erklärt, was sie arbeiten.

Dann hat der Direktor uns gefragt, was wir mal machen wollen, wie ihr das fragt, Professoressa, aber nur, weil er das muss.

Erst wollte ich sogar sagen, dass ich Schriftsteller werden will, weil euch hab ichs ja auch gesagt und es stimmt ja.

Aber dann hatte ich Angst, dass sich alle über mich lustig machen.

Und es ist ja auch kein wirklicher Beruf wie Arzt oder Fußballspieler.

Also hab ich die Klappe gehalten.

Auch die anderen Jungs hatten keinen blassen Schimmer, was soll man im Knast auch schon werden wollen? Die sind ja auch eingelocht.

Keiner hat also ein Wort gesagt.

Da ist der Direktor ausgerastet, weil wie stand er nun da? Er hat losgeschimpft, dass wir alle Versager sind und nur Scheiße in der Birne haben.

Wirklich genau so: »Nichts als Scheiße habt ihr in der Birne!«

Ist das, wie ein Gefängnisdirektor reden soll? Aber das geht mich einen Scheißdreck an, soll er doch machen, was er will.

Nur einer, Lino, der wegen bewaffnetem Raubüberfall sitzt, und auch unbewaffnetem, hats persönlich genommen, weil einer muss dem Direktor ja beibringen, was eine gute Kinderstube ist.

Lino ist aufgestanden und hat dem Direktor ins Gesicht gesagt, dass er Zuhälter werden will, also Huren organisieren und das Bürgersteig-Business machen.

Da haben wir alle gelacht.

Sogar der Arzt und der Fußballspieler.

Der Direktor aber nicht, und der Sozialhelfer hat die Hände vors Gesicht geschlagen.

Da hab ich gesagt, wenn ich eine Frau wär, würd ich sofort für Lino arbeiten und meine Mamma auch. Weil, wenn ihr mich fragt, Linuccio hat da echt ein Händchen für, er würde aus allen Edelnutten machen, fast wie normale Weiber, und die sogar zum Friseur bringen.

Kaum war der Direktor aufgestanden, um zu sagen, wie wir ihn allesamt ankotzen, da ist Carmine aufn Stuhl gestiegen.

Und hat geschrien: »Ich will über die Zigeuner das Sagen haben wie die auf der Piazza Dante, über alle!«

Er würd ihnen beibringen, wo sie betteln sollen, hat er gesagt. Und das ganze Geld würd er kriegen, die täten nur das Allernotwendigste für Fressen und Trinken kriegen.

Das war kein Rassismus. Carmine is kein schlechter Mensch, das wisst ihr doch, Professoressa. Aber es laufen so viele Zigeuner rum, die nur darauf warten, dass einer sie ausbeutet, also tut er sich und denen nur was Gutes und alle sind glücklich und zufrieden.

Jedenfalls, der Direktor hat uns für das ganze Chaos eine Strafe aufgebrummt. Er hat uns zurück in die Zellen geschickt, aus wars mit der Beschäftigung und allem Schönen und normalen, was uns hier im Knast bleibt.

Einen ganzen Tag lang durften wir nicht raus aus unseren Zellen.

Da wird man ja ganz trübselig.

Nicht mal zur Schule durften wir, obwohl die noch nicht mal ein Vergnügen ist.

Da hab ich die Zeit genutzt für ein bisschen zu schreiben und was zu malen für euch.

Ich hab meine Insel gemalt.

Dann mich, wie ich Schriftsteller bin, mit Geld und Büchern und einem Stift in der Hand.

Mamma und unser Basso.

Ich kann nicht malen, genauso wenig wie schreiben. Das ist mehr und minder dasselbe.

Ich würds gern können, dann könnt ich auch Natalina ihr Gesicht malen. Ich hab nichmal ein Foto und vergess langsam, wie sie aussieht. Das ist traurig.

Könnt ihr mir das nicht malen, wo ihr malen könnt?

Bitte.

Ich sag euch alles an, und häng es mir dann in die Zelle.

Natalina hat einen kleinen Silberblick, ist aber nicht hässlich.

Sie ist dunkel wie ich, aber ich bin größer.

Und sie trägt immer dasselbe, ein rotes Kleid mit grünen Blumen. Der Vater kann ihr kein anderes besorgen. Und sie hat einen Mantel, der ist karamellfarben. Der ist von ihrer toten Mamma.

Aber malt sie besser ohne Mantel, weil ich mag den Winter nicht, ich will mich lieber an meine Süße im Sommer erinnern.

HEUTE MORGEN WAR BESUCHSZEIT.

Dann bin ich immer irgendwie trübselig.

Mamma hab ich schon lange nicht gesehen.

Sie hat keine Zeit für mich zu besuchen. Aber das stimmt eigentlich nicht. Zeit hätte sie, aber Mamma hat keine Kohle für den Bus. Und keiner bringt sie. Ein Auto hatten wir noch nie. Ich hatte meinen Roller, aber der war geklaut und jetzt ist er beschlagnahmt. Doch den könnte Mamma sowieso nicht fahren.

Wenn die andern runtergehen, weil sie Besuch von Verwandten haben, werd ich jedes Mal irgendwie traurig und würd am liebsten allen eins auf die Fresse geben, die eine Familie und mehr Kohle haben wie ich.

Ich hatte nur einmal Besuch von Vittoria.

Das war letztes Jahr. Sie war schon schwanger mit dem zweiten Kind, sie hatte schon einen dicken Bauch und hat geschwitzt wie ein Schwein. Das ist die Schwangerschaft, hat sie gesagt, aber mir kams eher wie richtiger Schweiß vor.

Wir hatten uns seit Jahren nicht gesehen, auch lange nicht, bevor ich hier gelandet bin. Sie kam mir ganz anders vor, geschminkt. In meinem Kopf war sie noch ein kleines Mädchen.

Sie hat mich gesehen, umarmt und mir über die Backe gestreichelt, fast wie wenn sie unsere Mamma wär.

Ich seh gut aus, hat sie gesagt, aber das stimmte gar nicht.

Das Kind wird wieder ein Junge, hat sie gesagt, sie hätt lieber ein Mädchen, aber sie kann ihn ja nicht wegmachen. Sie wollte ihn Zeno nennen, hat sie gesagt, aber nun heißt er doch Donato. Dann hat sie mir ein Foto vom ersten Kind gezeigt, das genauso grässlich aussieht wie der Vater, aber ich hab die Klappe gehalten, damit sie nicht wütend wird.

Dann hat Vittoria gesagt, ich bin wirklich erwachsen geworden, das hätte sie nicht gedacht. Aber das ist doch keine Überraschung, jeder wird erwachsen, hab ich geantwortet.

Sie soll unsere Mamma von mir grüßen, hab ich gesagt, aber das geht nicht. Sie hat keinen engen Kontakt mehr zu ihr, sagt sie, und einen lockeren auch nicht.

Nur Gott im Himmel weiß, wie sehr sie mit mir leidet, hat sie gesagt, und auch mit Mammà, Papà und unserer ganzen Familie. Bei mir hat sich Gott aber noch nicht gemeldet, der behält das wohl alles für sich. Und darum hab ich von ihrer ganzen Leiderei wahrscheinlich noch nix gesehn und gehört.

Dann ist sie gegangen, weil sie bis nach Hause drei verschiedene Busse nehmen muss.

Sie schickt mir Geld, wenn sie kann, hat sie gesagt, sie solls lieber Mamma geben, hab ich geantwortet, die braucht es nötiger. Okay, hat sie gesagt, aber wenn ihr mich fragt, dann hat sie nix und niemand was geschickt. Weil das entscheidet nicht sie.

Als ich in die Zelle zurück bin, hab ich mich erst recht verarscht gefühlt und war froh, dass sie sich nicht mehr hat blicken lassen.

Später hat sie mir noch einen Brief geschrieben. Da stand nochmal dasselbe drin und ich soll ihr doch mal schreiben, wenn ich will. Aber der Brief hatte keinen Absender. Darum hab ich nicht geantwortet.

Und wenn Besuchszeit ist, leg ich mich darum immer aufs Bett.

Corradino ist aber auch da, und zu zweit hält man die Einsamkeit besser aus als allein.

Für Corrado kommt kein Besuch und gibt ihm einen Kuss, weil der Vater hat es der Familie verboten. Sein Sohn ist für ihn gestorben, hat er gesagt. Aber das stimmt nicht, Corradino ist quicklebendig. Nur allein.

Er würd gern seine Mamma sehen, aber das ist unmöglich. Und seinen Freund. Und wenn ihr mich fragt, irgendwie auch seinen Vater, das sagt er nur nicht.

Wenn er hier rauskommt, würd er mich mindestens einmal die Woche besuchen, hat er mir genau heute gesagt, wenn der Richter das erlaubt. Er würd so oft kommen, dass ich ihn gar nicht mehr sehen will, weil er mir sowas von auf die Eier geht.

Aber dann ist Corradino eingefallen, wie alt er ist und wie alt er sein möchte, und er ist ein bisschen trübsinnig geworden.

Er hat an die Decke gestarrt, wie wenn da einer wär, und mir gesagt, der Fischverkäufer, sein Freund, heißt Giggi, mit zwei G.

Ich hab mich gefreut, dass ich das jetzt weiß, auch wenn ich nix damit anfangen kann.

Dann hat er aus dem Fenster geguckt wie ein richtiger Erwachsener, und ich hab mich dazugestellt.

In Forcella, in unserem Basso, hatten wir keine Fenster. Nur eine Tür.

Aber das ist nicht dasselbe.

Ich schwör.

Ein Fenster ist was anderes.

Ich hab noch nie eins gehabt, ich konnte nur aus dem Fenster von anderen gucken.

Etwas Gutes kann man also über den Knast sagen: Es gibt hier genug Fenster für alle.

ICH BIN HART DRAUF.

Aber nicht innen drinnen.

Ich bin außen schlimm und kriminell, weil ich viel Schlimmes gemacht hab.

Aber das ist nur außen, ich weiß nicht, ob das so klar ist, wenn ihrs nicht versteht, kann ichs auch nochmal schreiben.

Eigentlich bin ich nicht das, was ich gemacht hab.

Aber das auch.

Die Richter haben das nie verstanden. So sind Richter eben. Die kann man nicht ändern.

Das ist ihr Beruf.

Sie verstehen nix und verurteilen alle. Keine Ahnung, ob sie auch ihre Frauen verurteilen, wenn sie abends nach Hause kommen, oder nur im Gericht so sind.

Bei sich zu Hause sind sie vielleicht unentschlossen.

Aber bei mir nicht.

Es war am 18. September, das werd ich nie vergessen, wie sie mein Urteil verkündet habn und von allen Strafen für Kinder die höchste genommen haben.

Echt hoch.

Und ich kann nicht in Berufung gehen, das ist endgültig.

Ich sags euch nicht, wie viel ich gekriegt hab, ich will euch nicht erschrecken.

Aber wahrscheinlich wisst ihrs, Professoressa, ich sehs in euren Augen, wenn ihr mich anguckt.

Den Richtern war es scheißegal, dass ich minderjährig bin, die haben mich wie einen Erwachsenen verurteilt.

Ich würds ja nicht mal bereuen, haben sie gesagt.

Hallo, ich konnte das nicht bereuen, es ging um mein Leben und meine Würde.

Ich wollte nicht sterben, dadrüber hat man keine Macht. Das ist wie Atmen.

Wenn ich aus dem Knast komm, bin ich noch jung, aber nicht mehr sehr.

Ich weiß nicht, ob ich noch Zeit hab, alles zu machen, was ich im Leben vorhab.

Reisen zum Beispiel und schöne Orte besichtigen.

Nichmal wie ich noch frei war, konnte ich mir was angucken, weil ich hatte zu tun und wenig Geld.

Aber wenn ich in einer anderen Zeit geborn wär, dann wär ich Entdecker geworden, ich hätte Völker und Länder entdeckt, wie der, der die Amerikaner erfunden hat.

Wie heißt der noch?

Ich hätte bessere Völker erfunden, die weniger Scheiße bauen.

Ich hätt ein wunderbares, großes, friedliches Land entdeckt, wo immer die Sonne scheint, sogar nachts. Wo alle Volljährigen im Knast sitzen und die Welt nur uns gehört.

Ein paar Erwachsene dürfen aber doch draußen sein, aus Gnade, aber nur unter Bewachung oder Hausarrest.

Ihr, Professoressa, dürftet draußen sein, keine Sorge.

Weil wenn ihr mich fragt, seid ihr noch immer ein Kindskopf, und darum seid ihr so gut und freundlich.

Christoph Kolumbus. So heißt der.

Aber wenn ich hier rauskomme, hab ich sowieso keine Zeit dafür irgendwas zu entdecken.

Der Sozialhelfer, der keinem hilft, hat gesagt, ich muss sofort anfangen zu arbeiten.

Und nicht unbedingt das, was mir Spaß macht.

Irgendwas, punktum.

Ich muss mir blitzschnell eine Maloche suchen. Und da werd ich nich viel verdienen, genauso wie ihr, Professoressa.

Dann bin ich frei. Wenn auch ein Hungerleider.

Aber momentan ist das noch nich mein Problem, das ist weit weg, ich kann nicht mal von unten hochzählen, das wärn zu viele Tage.

Und für die Zeit, wo ich hier bin, würd ich Nisida gern verrücken.

Ich würd vier Räder drunterschnallen, wie bei einem Auto.

Und Ruder wie bei einem Schiff.

Und dann würd ich losziehen und mich damit ein bisschen umgucken.

Ich könnt mir die Welt ansehen, sogar von hier drinnen, und käme voran mit meinen Reisen.

Zum Beispiel würd ich gern den Ozean sehen, also das alte Meer, mit allem drin, was man sich nur vorstellen kann. Ich würde die Chinesen, die Araber und die Schwarzen besuchen. Die Engländer und ihre Königin, ich hätte sogar Bock, sie wirklich zu treffen, um zu sehen, ob es sie echt gibt oder nur im Film. Dann würd ich meine Süße besuchen, in ihrem Basso. Dann könnt ich sie nochmal küssen, nach der langen langen Zeit. Ich hab nicht vergessen, wie das geht, das kann man gar nicht!

Die Wahrheit, Professoressa?

Ich wäre gern als Reisender auf die Welt gekommen. Ich würd mir alles angucken.

Jedenfalls hätt ich gern ein bisschen mehr Glück gehabt mit meiner Geburt.

Oder wär besser gar nicht erst geborn.

Und vor allem wär ich gern als Baby auf die Welt gekommen.

Aber ich musste von Anfang an groß sein.

Wir sind »Minderjährige«, sagen sie hier, was eigentlich nichts anderes heißt als Kinder, damit die Leute draußen keinen Schreck kriegen.

Weil die Insel ist ja trotzdem noch nen Knast, da lässt sich keiner täuschen.

Ich hab nie an den Weihnachtsmann geglaubt. Und auch nicht, dass die Hexe Befana die Geschenke bringt, nicht mal wie ich noch klein war. Wie soll man denn daran glauben, wo es die ja gar nicht gibt?

Aber ihr bringt uns am sechsten Januar trotzdem immer einen Strumpf mit, obwohl das verboten ist. Und Franco hilft euch heimlich, ihr tut Bonbons, Schokolade und sogar Befanas süße Holzkohle und Nüsse hinein.

Ihr seid unsere Hexe Befana, Professoressa, aber mit allem Respekt, ihr seid trotzdem eine schöne Frau!

Ich will sagen, ihr seid Befana von Beruf und im Herzen, aber nicht vom Aussehen.

Franco hat sich letztes Jahr als Weihnachtsmann verkleidet.

Und es gibt hier sogar ein Weihnachtsessen, am 24., abends.

Aber nur aus Mitleid, die Stimmung stimmt nicht.

Wir müssen uns dann vom Pfaffen die Mitternachtsmette anhören und Jesu Geburtstag feiern.

Aber da zwingen die uns zu, keiner gratuliert dem von Herzen.

Jedenfalls, letztes Jahr um Mitternacht, da ist Franco nach der Messe gekommen, obwohl er gar nicht Schicht hatte, und hat uns Geschenke gebracht. Das meiste war einfach was zu essen, vor allem Bonbons, aber das hat uns nicht angekotzt, im Gegenteil.

Aber man konnte sehen, dass Franco in Wirklichkeit der Weihnachtsmann war.

Weil in echt gibts den gar nicht.

Es gibt nur Franco.

Aber sagt das nicht eurer Tochter, weil die ist noch klein und darf noch an so'n Scheiß glauben.

Neulich hab ich mal die Sache mit Tonino o'Bulldog geklärt.

Wir warn im Gemeinschaftsraum und der Scheißkerl hat sich wieder rangepirscht.

Er hat sich genau neben mich gesetzt, weil Corradino war nicht da.

Ich wollt grad aufstehen, da hat er mich mit seiner Drecksfresse angeglotzt.

Da hab ich mich wieder gesetzt, aus Prinzip schon.

Ob ich zu Iaccarino Luigi gehör, hat er gefragt, und ich so, ja, das ist mein Alter, der sitzt in Bergamo.

Da hat er mir erzählt, wo er in Forcella wohnt. Das is doch gleich bei dir, das musst du doch kennen, hat er gesagt.

Dann hat er gefragt, ob meine Süße nich Natalina Marrazzo ist. Und ich hab nicht Ja und nicht Nein gesagt.

Da hat er mich angelächelt, und da hat man wieder gesehen, was das für ein Scheißkerl ist.

Er war sich sicher, dass ich das bin, hat er gesagt, er hat mich doch wiedererkannt.

Den Sohn von der Hure und Luigi Iaccarino. Der für Ciro Varriale Drogen vertickt. Und Passanten abzockt. Der jetzt sitzt, weil er einen umgenietet hat. In Forcella, da würd man von mir reden, hat er gesagt. Manchmal schlecht, manchmal gut.

Dann hat er mir geradewegs in die Augen geguckt und gesagt, die Natalina wohnt da nich mehr.

Sie ist weg von Forcella. Sie hat einen aus Pallonetto geheiratet, der nicht bei der Camorra ist, einen Hungerleider. Einen Anwalt, der Bernardo heißt, den Nachnamen hätt er vergessen.

Die wohnen jetzt draußen in Frattamaggiore aufm Land.

Beide, zusammen.

Natalina ist also nicht mehr meine Süße, hat er gesagt, sie hat einen andern, der besser ist als ich, der frei ist.

Natalina hat geheiratet, hat er gesagt, und es wär ja wohl logisch, was das bedeutet.

Das würd ja wohl jeder wissen.

Da hab ich ihm eine reingehaun.

Mit der Faust in die Fresse.

Danach hab ich sofort an den Weihnachtsausgang gedacht, aber halt nicht davor.

Der ist jetzt futsch, hab ich gedacht, ich bin ganz umsonst vor lauter warten halb tot, genau wie die ganz armen Schweine, Mamma würd ich nicht wiedersehen, nie mehr im Leben.

Aber der Heilige Vater im Himmel hats gut mit mir gemeint, der Schließer hat nix gesehn. Ich bin wer in Nisida und Tonino ist noch ein Niemand, und er kann auch niemand mehr werden, selbst wo er älter ist als ich.

Meine Süße wartet nur auf mich und hat keinen andern, das weiß ich genau.

Vor einem Monat, Professoressa, habt ihr mir geraten, ich soll ihr einen Brief schreiben.

Und ihr sagen, dass ich sie noch liebe und immer an sie denke. Damit sie mich nicht vergisst und sich keinen andern sucht.

Damit sie auf mich wartet.

Aber mir fehlt der Mumm.

Ich will nicht, dass sie mir antwortet.

Und auch nicht, dass sie nicht antwortet.

Ihr habt gesagt, ich spiel Vogel Strauß und steck den Kopf in den Sand.

Das ist egal.

Wenn ich könnt, würd ich den ganzen Zoo rauf- und runterspielen.

Ich will nicht wissen, ob das wahr ist, was Tonino o'Bulldog sagt.

Ich will, dass es falsch ist, genauso falsch wie er.

Keine Ahnung, ob ich meine Süße treffen kann, mit meiner Ausgangserlaubnis.

Das ist ja jetzt auch besser so.

Gestern hab ich die ganze Nacht überlegt. Ich hab kein Auge zugemacht. Und habs keinem gesagt, keinen Bock, nicht mal Corrado.

Ich hatte noch nie Liebeskummer und leg da auch keinen Wert drauf.

Dass muss eine schlimme Strafe sein, und mit der einen

hab ich schon mehr wie genug. Da hätt ich noch besser lebenslang wie das.

Keine Ahnung, ob wenn man liebt, der andere einen dann zurücklieben muss, oder ob das irgendein Gesetz verbietet.

Dann wär auch meine Liebe illegal.

Ich hab echt keine Hoffnung.

Was mich hier drinnen rettet, das sind echt die Gedanken und Erinnerungen an was Schönes, und wenn das erfunden ist, weiß das ja keiner.

Und die Gedanken an meine Süße sind wahnsinnig wichtig.

Wie die an Mamma.

Aber Mammà, das ist jetzt, Natalina ist die Zukunft, das »danach«.

Natalina, das ist:

Wenn ich hier rauskomm, heirate ich sie und hab ein normales Leben wie alle andern. Mit einem normalen Zuhause, im zweiten Stock, nicht halb auf der Straße, mit Wohnküche, Kindern, Fernseher, Stühlen, Sofa, Vorhängen und allem sonst.

Ich weiß, dass Natalina was Besseres finden kann, ich bin ja kein Idiot. Und ihr Vater wär überglücklich, Sabatino Marrazzo, der ein tüchtiger Mann ist.

Sie könnt einen Besseren finden wie mich, einen anständigen Mann, frei und nicht im Knast.

Aber die Liebe, die ich ihr als Knacki geben kann, die ist mehr wert als die von dem Hungerleider da draußen.

Weil das ist wahre Liebe, und was Besseres gibts gar nicht.

Ich denk nur an sie.

An sonst nichts.

Aber der da draußen, der Anwalt ist, denkt auch an anderes und hat den Kopf voll, mit Arbeit, Eltern, Freunden.

Ich nicht.

Mein Hirn ist leer.

Da soll nur sie drinnen sein.

Das hätt ich Tonino o'Bulldog vielleicht sagen sollen, anstatt dass ich ihm eins in die Fresse hau. Ich hätt ihm das anständig erklären sollen.

Wie ihr immer sagt, Professoressa, manchmal bringen Schläge nichts.

Man muss reden, reden, reden, auch mit Idioten wie Tonino.

Aber nie fallen mir sofort die richtigen Worte ein.

Sie kommen einfach zu spät.

Und der ganze Scheiß ist, logisch, immer pünktlich.

In Nisida gibts kein Weihnachten und wenn, nur ein schlechtes.

Im Dezember sind wir nicht unbedingt zufrieden. Wir fühlen uns noch mehr im Knast wie sonst.

Aber in diesem Dezember bin ich echt happy, nicht wie letztes Jahr.

Die andern beneiden mich ein bisschen.

Weil ich diesmal Ausgang hab und Weihnachten feier wie sichs gehört, da hat ja wohl jeder ein Recht drauf. Ich zähl jetzt von unten hoch, wie Silvester, aber ich zähl die Tage.

Und dafür muss ich allein euch dankbar sein, Professoressa, weil ihr habt mir die Erlaubnis organisiert.

Ihr habt dem Direktor und dem Staatsanwalt gesagt, ich bin ein guter Junge, und vielleicht denkt ihr das sogar wirklich, das hängt wohl vom Tag ab.

Hoffentlich habt ihr recht, weil ich bin mir da nicht so sicher.

Aber ich lass euch gern in dem Glauben, ihr seid ein guter Mensch, ihr mögt uns und ich mag euch auch.

Jedenfalls ist heute der zwanzigste Dezember, und am vierundzwanzigsten darf ich raus.

Bis dahin sind es noch genau vier Tage.

Auch wenn es nur für zwei Tage ist, Heiligabend und

das eigentliche Weihnachten, ich bin zu Hause, im Basso, was immer noch besser ist als die Zelle und die Insel.

Am fünfundzwanzigsten abends bringen mich Franco und der andere Polizist wieder zurück, aber was ich gesehen, gegessen und geredet hab, hab ich alles noch vor Augen.

Wenn ihr mich im Januar wiederseht, Professoressa, werdet ihr mich gar nicht mehr wiedererkennen!

Ich kanns gar nich mehr erwarten, dass jetzt wieder Weihnachten ist, vielleicht hab ich euch das schon gesagt, aber ich könnts ewig wiederholen.

Weil Weihnachten ist Weihnachten und nicht Ostern.

Als ich noch ein Piccirillo war, da konnte Mamma kein Bäumchen aufstellen, da fehlte das Geld für.

Aber an die Tür von unserem Basso hat sie eine schmutzige Girlande gehängt, mit Tesa. Manchmal habn wir die da vergessen und es war schon Sommer und die hing noch immer da. Dann habn wir uns angeguckt und gesagt: »Egal, das nächste Weihnachten kommt bestimmt« und habn sie einfach hängen lassen.

Das war echt schön.

Aber ich und Vittoria haben unserer armen Mamma trotzdem den letzten Nerv geraubt.

Wir wollten unbedingt ein Bäumchen und noch mehr eine Krippe, weil wir warn noch klein und wollten mit den Hirten spielen.

Aber die war zu teuer, die konnte Mamma sich nicht leisten.

Wenn ich eine Krippe sehen wollte, bin ich darum die Via San Gregorio Armeno hochgelaufen, die »Krippenstraße« ist ganz bei uns in der Nähe.

Immer höher und höher und hab mir da alle Hirten angeguckt, die Handwerker, die Marktweiber, die Madonnen, die heiligen Josephe und Jesuskinder.

Die sehn eigentlich alle gleich aus, als wärens gar keine Heiligen, einfach so in die Schälchen geschmissen wie Nüsse.

Manche Krippen sind riesig, da hätten ich, Mamma und Vittoria zusammen drin schlafen können.

Ich war ein bisschen neidisch auf die Hirten und sogar Jesus, weil auch wenn er im Stall geboren ist und so'n Ende genommen hat, war er doch besser dran als wir.

In den Krippen die Figürchen hab ich mir genau angeguckt, immer gab es Hirten mit den Schafen, darunter natürlich Benino, dem das alles wurscht ist und der einfach schläft, Musiker, Pizzabäcker, Waschweiber, Obstverkäufer, Bäcker, Fischer, die in Flüssen mit künstlichem Wasser angeln, eine Osteria und einen, der Maroni röstet und sauteuer verkauft.

Es gibt in den Krippen alle Berufe der Welt.

Dann hab ich mir die wichtigsten Hauptpersonen angeguckt, die eigentlich weniger lustig sind, das ist ja auch nicht ihre Aufgabe: die Madonnen mit Ehemann, die Tiere, das Baby, die Engel.

Wenn ich von meinem Spaziergang zurückgekommen bin, war ich echt glücklich.

Ich hab die Krippen gesehen, hab ich zu Mamma gesagt. So ein Moosgeruch! Und all die Figürchen darin hab ich einzeln aufgezählt.

Aber Mamma hat nur traurig geguckt.

Und nichts gesagt, weil sie wusste, in keiner Krippe war Platz für eine Hure.

Und das finde ich echt ungerecht, das ist doch eigentlich ein Beruf wie jeder andere, auch eine Hure kann doch Hirte sein.

Am Ende war ich froh, dass wir kein Geld hatten für eine Krippe.

So musste Mamma sich nicht fühlen, als wär sie anders.

Mamma muss immer spürn, dass sie wie alle andern ist, wenn sie das glücklich macht, das hat sie echt verdient.

GERADE EBEN ist Franco vorbeigekommen, ein Onkel von ihm ist gestorben, er hat ihn aber nicht besonders gemocht und es war ihm eigentlich egal. Zur Beerdigung ist er nur wegen dem Trauerfigürchen gegangen und dem Foto und die hat er Corradino gebracht, der sammelt sowas. In Wahrheit war das aber nur eine Ausrede und gut, dass der Onkel gerade jetzt abgekratzt ist.

Corradino geht es in letzter Zeit ziemlich schlecht, und darum ist Franco gekommen.

Corrado muss sich langsam vorbereiten, er kommt im Februar raus, aber nicht wie ich nur vorübergehend. Endgültig. Und Corradino kehrt vielleicht nicht mehr in den Knast zurück, weil er hat draußen keine Bekannten mehr, mit denen er kriminell werden kann. Und wenn er nicht wieder hier reinkann, muss er draußen bleiben. Er ist froh, rauszukommen, aber er macht sich Sorgen.

Wenn Corrado Nisida verlässt, dann ist er nur noch ein Geist, für seinen Vater ist er gestorben. Und wenn er nach Pompeji zurückgeht, isser wirklich tot.

Darum weiß er nicht, wo er hin soll, und erst recht nicht, was machen, weil Geister können nicht arbeiten.

Professoressa, ich frage mich: wie können wir ein Geist eingliedern?

Corradino schläft seit zwei Wochen nicht mehr und betet.

Ich soll auch für ihn beten, sagt er, aber ich hab da nicht wie er den Sinn für, ich kenn mich damit nicht aus.

Er betet seine ganze Sammlung aus Gestorbenen, Madonnen und Heiligen rauf und runter. Wenigstens einer wird wohl irgendwann die Schnauze voll haben und gnädig sein, sagt er, und ehrlich gesagt, Corrado geht hier mit seinen Gebeten allen schon tierisch auf die Nerven.

Letztens hat er gesagt, dass er hofft, dass Tania 'o Sciosciammocca ihm eine Maloche verschafft, das ist ein Transvestit, mit dem er befreundet ist, oben am Corso Umberto.

Der hat ihm letzte Woche einen Brief geschrieben.

Sie haben sich kennengelernt, als Corrado noch in Pompeji bei der Camorra war, damals war Tania 'o Sciosciammocca aber noch kein Transvestit, er trug noch eine Weste wie ein Mann und hieß Giorgio.

Corrado will jetzt dasselbe arbeiten wie Mamma, hat er gesagt, und das tut mir leid, weil er könnt was ganz anderes machen und ich mag ihn. Er könnte Wahrsager werden, mit richtigen Karten, ohne Paninibildchen, und mit Kristallkugel. Er könnte auch Pizzabäcker, Obstverkäufer oder Schmuggler werden. Und wenn er unbedingt eine Schwuchtel sein will, kann er das doch auch im Fernsehen, da kann er Milliarden einsacken.

Aber er will lieber zu Tania, sagt er, und vielleicht wird er auch Transvestit, aber nur bei sich zu Hause. Auf die Straße geht er lieber mit Weste.

Ich hab ihm gesagt, dass Schwuchteln manchmal umgebracht werden, erst recht, wenn sie anschaffen gehen wie richtige Frauen. Auch wenn er nur noch ein Geist ist, er lebt doch noch und soll besser aufpassen.

Er hat keine andere Idee, hat er gesagt, und Hellseher ist nicht wirklich ein Beruf, dafür braucht er Kunden, die es aber nicht gibt. Und sein Entlassungsdatum rückt jeden Tag näher.

Ob Mamma nicht jemand kennt, der sein Zuhälter sein kann, hat er mich gefragt, aber ich hab keine Ahnung, Mamma arbeitet ja nur für sich.

Ich weiß ja nicht mal mehr, ob sie noch anschaffen geht, das kann ich euch erst sagen, wenn ich sie seh, weil solche Berufe erkennt man nur so.

Wenn er rauskommt, geht er meine Mamma besuchen, hat Corrado gesagt, er will sie kennenlernen. Nach dem, was ich erzähle, muss das wirklich eine richtige Mama sein, so wie seine, nur ärmer. Er will sich wieder dran erinnern, wie eine Mamma ist, nur um zu sehen, ob er die Mammas auf der Straße noch erkennt oder das gar nicht mehr kann.

Und er hat sogar gesagt, wenn er bei Tania 'o Sciosciammocca was verdient, bringt er meiner Mamma was davon, weil wo ich jetzt im Knast bin, macht sie echt was mit.

Aber eigentlich hat sie, noch vor mir, mit meinem Vater echt was mitgemacht. Den hätt ich nie und nimmer genommen. Da wär ich lieber als alte Jungfer gestorben. Und wenn das der letzte Mann gewesen wär, dens in der ganzen Stadt noch gegeben hätt.

Aber sie nicht. Sie hat sich in den verknallt und das konnt ihr keiner ausreden.

Dabei hätts noch andere gegeben.

Die sind bei ihr doch Schlange gestanden, auch als sie noch umsonst zu haben war.

Sie ist echt schön, wie eine Schauspielerin oder sogar noch schöner. Weil die sind nur schön, weil sie Geld wie Heu haben, aber meine Mamma hatte nix.

Also, sie hätt auch einen ganz normalen Mann kriegen können, der zu uns allen gut gewesen wär. Der ihr ein Leben geboten hätte mit Geld, ohne sich totmachen, wo sie nicht fast den Hungertod stirbt wie jetzt.

Aber dann wär ich nicht auf der Welt. Oder nicht Zeno, jemand anders. Und der andere wäre zufriedener wie ich, das schwör ich euch.

Aber Mamma hat ausgerechnet an dem Idiot von meinem Vater einen Narren gefressen.

Und mein Vater hat sie vermöbelt.

Und das war ihr scheißegal.

Sie hat so getan, wie wenn nichts wär, wie wenn ihr die Schläge und Fußtritte gar nicht wehtun würden, aber das stimmt nicht, sie ist ja kein Roboter.

Uns hat mein Vater auch vermöbelt.

Der hat gewohnheitsmäßig einfach Prügel ausgeteilt, egal ob es sie oder uns getroffen hat und wir unterschiedlich groß waren.

Mich hat er geschlagen, wie ich echt noch ein Piccirillo war, ein paar Jahre alt, ein oder zwei. Ich hab noch Narben, die können nur von ihm sein, aus der Zeit, wie ich mich noch an nichts erinnern kann. An all die andern erinner ich mich aber noch sehr gut.

Doch meine Mamma hat meinen Vater noch immer geliebt, trotz den Schlägen.

Und ich und Vittoria, wir hatten die Erbliebe, die ist noch schlimmer als die Liebe von echt Verliebten, davon rate ich euch wirklich ab!

Eltern zu sein, ist wunderbar. Und einfach!

Du kannst auf deine Kinder scheißen und so tun, als gäbs sie gar nicht.

Aber wir Kinder, wir bleiben und müssen dieses Kreuz ein Leben lang tragen.

Wie ich und Corradino.

Wollt ihr die Wahrheit?

Ich wär besser nie ein Sohn gewesen.

Aber das ist leider ein Muss.

Ich muss meinen Vater lieben, auch wenn er ein Scheißkerl ist, da führt kein Weg dran vorbei.

Das ist normal, dass man seinen Vater liebt.

Und ich bin sehr normal auf die Welt gekommen.

Nur mit kleinen Fehlern.

Aber mit dem Herz, da stimmt leider alles.

Heute ist der 22., aber morgen der 23.

MORGEN IST ES NUR NOCH EIN TAG!

Das ist kaum zum Aushalten, ich muss das einfach schreiben!

Wenn ich draußen Scheiße bau, hat der Direkktor gesagt, ruft er die Abgeordneten an, die er kennt, damit die die Todesstrafe wieder einführen. Nur für mich.

Das braucht er nicht, ich mach keine Probleme, hab ich geantwortet, ich benehm mich und komm wieder, aber nicht, weil ich Respekt hab vor dem. Eher vor Franco, der verantwortlich ist. Und auch vor euch, Professoressa, weil ich euch diese geile Ausnahme verdanke. Ihr habt von Anfang an ein gutes Wort für mich eingelegt, abgesehen von dem, was ich hier aufgeschrieben hab.

Gestern Abend ist Franco gekommen. Er freut sich, meine Mamma zu treffen, hat er gesagt, nach dem, was ich ihm alles erzählt hab.

Meine Mamma ist eine gute Frau, hat er gesagt, auch wenn er sie noch nicht kennt. Sie hat alles allein machen müssen, vor allem zwei Kinder.

Und wenns nach ihm geht, darf man das nie allein machen mit den Kindern, immer nur zusammen.

Meine Mamma ist mutig, sagt Franco, weil bei Kindern hat jeder schnell Schiss in der Hose.

Aber sie nicht.

Mamma ist geblieben, bis zum Schluss.

Er hat versprochen, er kauft ihr eine Blume, einen Weihnachtsstern, und schenkt ihn ihr von mir, auch wenn ich ihn nicht bezahlt hab.

Übermorgen, wenn ich rauskomm, bringen wir sie ihr gemeinsam.

Das ist, wie wenn ich ihr ganz umsonst ein Geschenk machen täte!

Mamma freut sich ganz bestimmt, ich kenn sie.

Irgendwann kann ich ihr bestimmt auch ein richtiges, bezahltes Geschenk machen. Mit sauberem Geld. Aber da müssen wir noch warten, weil jetzt hab ich ja keins, ob sauber oder schmutzig.

Wenn ich endgültig rauskomm, such ich mir eine richtige Maloche, versprochen, dann werd ich Schriftsteller, Professoressa, wie es euch gefällt.

Ich krieg Milliarden.

Und Mamma kriegt von mir Blumen gekauft, ein Lächeln, Schmuck, ein Haus, den Respekt und den Neid von all den andern.

Alle hier wollen, dass ich ihnen erzähle, wie Weihnachten war, wenn ich wiederkomm.

Alles muss ich haarklein erzählen, hat Marietto gerade gesagt, alles was ich am 24. und 25. esse, ganz genau. Das will er wissen, ich darf nichts auslassen: Frühstück, Mittagessen, Abendessen, den Geschmack, den Geruch.

Und ich soll ihm genau erzählen, was Mamma zu mir

sagt, nach all der langen Zeit. Und gucken, ob ich ihr noch so ähnlich bin wie vor dem Knast.

Ich fühl mich wie ein Jornalist in den Nachrichten.

Ich werd mir alles ganz genau merken. Ich saug alles auf, was ich seh. Und wenn ich wiederkomm, mach ich mir eine Liste.

Aber danach streich ich die Erinnerungen sofort wieder aus meinem Gedächtnis. Sie sollen mir nicht zu stark fehlen, sie bleiben ja draußen und ich muss zurück hinter Gitter.

Corradino hat mir gestern ein schönes Hemd geliehen, eins von ihm. Dann steh ich gut da vor Mamma. Wenn ich es kaputt oder dreckig wiederbringe, spuckt er mir ins Auge, hat er gesagt. Dann hat er mir einen Kuss gegeben und ich hab mich ein bisschen weggeduckt, ich hab ja andere Neigungen, aber gesagt hab ich nix.

Jedenfalls, auch wenn heute noch nicht wirklich Weihnachten ist, nur kurz davor, haben wir heute Morgen ein Weihnachtsstück aufgeführt.

Professoressa, seid nicht traurig, dass ihr nicht dabei wart. Ihr seid ja schon in den Ferien.

Sie haben aber ein Foto gemacht und wir kommen in den »Mattino«, ein Scheiß-Prachtstück für ganz Italien.

Und ich erzähl euch alles.

Wir haben blitzschnell eine lebende Krippe veranstaltet, mit Chor und Engeln, die gesungen haben.

Die Krippe war wirklich sehr lebendig, aber immer noch ohne Huren.

Sogar der Bürgermeister ist gekommn.

Mit Leibwächtern, weil er Angst vor uns hat. Und wenn ihr mich fragt, vorm Direktor auch, weil der ein grauenhaftes Gesicht hat.

Der Bürgermeister hat fast ausgesehen wie ein ganz normaler Mensch.

Dabei gehört ihm die ganze Stadt.

Jedenfalls war ich in der Krippe der Zampogna-Spieler, mit Totò o'Bolognese. Aber wir hatten keine echten Sackpfeifen, weil es die in Nisida nicht gibt. Wir hatten Flöten.

Corradino sollte einen Heiligen König spielen, aber nicht die Madonna, nicht, dass es aussieht, als würden sie ihn wegen dem nehmen. Die Madonna war Lino, er hat sogar einen Bart und ist keine Mimose. Peppiniell', der Dummkopf, hat den heiligen Joseph gespielt, weil er genauso heißt. Abdu ist schwarz und war Merchior, der Heilige König aus Afrika, und hat also genau gepasst. Der bekloppte Rinuccio war nur Dekoration, der Komet. Er hat ein bisschen gezuckt, aber das war kein Problem, weil der Stern mit dem Schweif bewegt sich ja auch. Marietto war ein Schaf.

Am Ende haben wir uns alle vor Lachen in die Hose gepinkelt.

Aber es war schön, einmal auf der Bühne zu stehen, wie wenn wir wirklich Heilige und Engel wären, die Stars aus der Krippe.

Auch Don Vicienzo war da, aber nur weil er musste.

Er hat uns angeguckt, aus der ersten Reihe, echt angekotzt, das war für ihn ne Qual, wir Verdammten und Kriminellen in der Krippe! Aber er musste die Klappe halten.
Da hatte er nichts zu melden.

Und wie er so trübselig dasaß, da hatten wir unsern
Spaß. Wir haben ihm wenigstens Weihnachten versaut,
wo die Pfaffen immer am besten verdienen.

Nach den Liedern hat der Bürgermeister applaudiert.

Der Direktor auch, aber nur zum Schein.

Dann hat sich der Bürgermeister verabschiedet von
uns, von weiten.

Dem Direktor hat er die Hand gedrückt und dem Pfaffen die Hand geküsst, ich musste fast kotzen, weil Don Vicienzo ist ja keine schöne Frau!

Dann haben sie die Fotos gemacht, der Bürgermeister
will ja sogar von den Leuten im Scheißviertel wiederge-
wählt werden. Die haben ja vielleicht Söhne und Brüder in
Nisida.

Wenn er zeigt, dass er wenigstens ein bisschen auch
an uns denkt, dann kriegt er die Stimme von unseren Eltern.

Vielleicht hoffen die sogar, dass sie uns so früher wie-
dersehn.

Aber das passiert nicht, das Gesetz hat uns auf dem Kie-
ker und der Bürgermeister hat bei den Strafen nix zu sagen.
Er bestimmt nur auf der Straße.

Jedenfalls war der Bürgermeister hier, gestiefelt und ge-
leckt.

Wie wenn er ins Theater geht. Dabei war es nur der Knast.

Er hatte ne Uhr am Arm, die war so viel wert wie ganz Nisida. Wir hatten alle Bock, sie runterzureißen, aber das ging ja nicht, darum warn wir alle ganz still.

Ich hätt gern einen Moment allein mit dem geredet, ohne Gewalt und ohne Abziehen.

Aber der Direktor hat uns nichmal näher an den rangelassen, aus Angst, dass wir was Schlimmes sagen. Er hat uns Tod und Teufel angedroht, falls wir den Mund aufmachen.

Darum hat keiner was gesagt, und der Bürgermeister ist genauso gegangen, wie er gekommen ist.

Er ist nach Hause gegangen, was nich in einem Scheißviertel ist. Das ist an einem normalen Ort mit schönen Häusern, Straßen und allem Drum und Dran.

Ich konnt ihm nicht ein einzigstes Wort sagen, nichmal aus Neugier.

Ich hätt ihn fragen wollen, ob er wirklich in Napoli wohnt oder doch in Milano.

Ob er ein echter Politiker ist oder nur Bürgermeister.

Weil wenn er ein echter Politiker ist, kann er vielleicht die Gesetze ändern, damit ich früher rauskomm.

Das wär bestimmt ein schönes Geschenk für Mamma.

Und wenn er Angst hat, mich früher rauszulassen, könnte er Mamma wenigstens eine Adresse schenken, dann kann ich ihr einen Brief schreiben, auch wenn sie nicht lesen kann.

Wenn er Bürgermeister ist und was zu sagen hat, kann er an der Tür von unserem Basso doch bestimmt eine Nummer anbringen? Da braucht es nicht viel für.

Eine Null wäre auch okay für uns.

H<small>EUTE IST DER LETZTE</small> T<small>AG VORM</small> A<small>USGANG</small>.

Der Madonna seis gedankt.

Morgen ist mein allerschönster Tag.

Ich wollt, er würd ewig dauern, aber nicht länger.

Ich lass euch hier, was ich bis da geschrieben habe, Professoressa, dann könnt ihr alles in Ruhe lesen, wenn ihr an Drei-Heilige-Könige wiederkommt, an Befana.

Ich geb die Blätter Franco, der ist ein guter Mensch, es ist kein Problem, wenn er das liest.

Ich hab ja nichts Schlimmes geschrieben oder?

Ich bin schon ganz aus dem Häuschen, dass ich noch mal Weihnachten erlebe. Ich weiß, das schreibe ich ständig, aber das ist eben die Wahrheit!

Ihr seht das Weihnachten draußen und achtet gar nicht drauf, es kommt euch normal vor, aber nein, das ist was Besonderes.

Die anständigen Vollzugsbeamten, die, die ein Gewissen haben, stellen uns einen Baum auf, aber ohne Girlanden, aus Angst, dass wir uns damit umbringen wie Gaetano, der Unschuldige.

Unser Baum hat also nur Kugeln, aus Plastik. Die verbeulen, wenn du draufdrückst.

Wie gern würd ich mal einen richtigen Baum sehen, so

hoch wie der Himmel, mit echten Glaskugeln. Die wie wir manchmal vor Wut zerspringen.

Ich hoff, dass ich morgen auf dem Weg so ein seh.

Ich bin schon ganz aus dem Häuschen, dass ich morgen Forcella wiederseh.

Mit den Weihnachtslichtern und Girlanden und dem Chaos an Menschen, die jahraus und tagein vor den Türen stehen.

Ich seh schon die geschmückten Gassen und dann der Maronigeruch.

Hoffentlich ist Mamma nicht auch ganz aus dem Häuschen und hat mir was Gutes zu essen gemacht, und für Franco auch. Obwohl sie keine Kohle hat. Vielleicht hat sie dafür ja ein bisschen gespart.

Hoffentlich ist sie nicht zu alt geworden, sonst krieg ichs noch mit der Angst zu tun. Aber sogar wenn sie jetzt echt alt ist, tu ich, wie wenn nichts wär und scheiß drauf, damit sie sich nich leidtut.

Jedenfalls, Professoressa, möchte ich euch noch mal danken und schriftlich. Weil, wenn ihr mich fragt, ohne euch würd ich Weihnachten wieder hinter Gittern verbringen.

Und Frohe Weihnachten für euch und eure Tochter, die noch klein ist, die Glückliche, und euren Mann und eure Verwandten, falls ihr euch mit denen versteht und sie sich benehmen, sonst können die noch vor Weihnachten verrecken bis ins letzte Glied.

Hoffentlich fehlen wir euch nicht an den Feiertagen, im

Januar sehn wir uns ja wieder, dann bringt ihr uns den Strumpf von Befana. Euch muss die Madonna einfach lieben.

Ich stell mir einfach vor, dass wir euch fehlen.

Aber das sollten wir nicht, denkt lieber mal an euren eigenen Scheiß, tschuldigung.

Aber wenn ihr mich fragt, tut ihr das nicht, ihr seid ein Sturkopf.

Ihr seid immer hier drinnen bei uns, auch wenn ihr draußen seid. Ihr seid immer in unserer Nähe.

Und wenn ihr nachts nicht schlafen könnt, nicht mal in kühlen Nächten, dann stell ich mir vor, steigt ihr ins Auto und fahrt hoch nach Coroglio.

Dort haltet ihr an und geht auf die Aussichtsterrasse.

Ihr bleibt stehen und seht auf Nisida. Ihr guckt euch die vermaledeite Insel haargenau an, denkt an uns, hinter Gittern, und an euch da draußen.

Ihr fühlt euch schuldig und findet das am Ende auch ein bisschen ungerecht.

Aber das stimmt nicht, Professoressa. Lasst euch doch nicht verarschen von euren anständigen Gedanken.

Eigentlich ist es ganz richtig so.

Wir haben es jedenfalls verdient, sie mussten uns einlochen.

Ich stell mir vor, wie ihr aufs Meer schaut rundherum. Das euch so gut gefällt!

Wie ihr denkt, dass das Meer den Zeno echt ankotzt und er es auf den Tod nicht ausstehen kann.

Ihr fühlt euch schlecht, wie immer.

Und darum wollte ich euch Weihnachten gern was schenken.

Eine echte Überraschung, weil damit würdet ihr nie rechnen.

Gestern hab ich den ganzen Tag das Meer angeguckt, und vorgestern auch, habs aber keinem gesagt, sonst machen die anderen das auch.

Ihr sagt immer, wir solln was Schönes im Meer entdecken. Poesie oder ein schönen Gedanken.

Also, das Geschenk hab ich für euch gefunden:

Scheinbar taugt das Meer zu rein gar nichts.
Aber es macht doch was.
Es will Nisida auch verrücken. Mit seinen Wellen!
Wie wir hier im Knast mit unseren Augen!

Das ist schön, stimmts?

Gefällts euch?

Das Meer von der einen und wir von der anderen Seite schieben und schieben und schieben!

Aber diese Drecksinsel bewegt sich nicht ein einzigen Zentimeter und bleibt einfach da!

Und darum fühlen wir uns schlecht.

Und wenn ihr mich fragt, das Meer eigentlich auch.

Alle da draußen, die Leute, die ihr kennt und null Probleme haben, sehen nur Boote, den Hafen, Fische und die Idioten, die baden gehen.

Sie sind geblendet.

Im Meer sind nämlich alle Augen, die Nisida verrücken wollen, aber es nicht schaffen.

Darum sagt allen da draußen, die das nicht wissen: Sie baden in unseren Augen und müssen gefälligst Respekt haben.

Das ist mein Geschenk für euch, Professoressa, hoffentlich gefällts euch!

Es kommt von Herzen, hat aber nichts gekostet.

Is aber auch nicht geklaut.

Frohe Weihnachten, ein gutes neues, gute Befana usw. usw.

Und wenn euch einer blöd kommt, knöpft euch den ruhig orntlich vor.

Euer Schüler Zeno Iaccarino

Sehr geehrte Frau Professoressa

ich schreibe euch, weil ich die Nummer nicht im Telefonbuch gefunden habe. In Nisida haben wir nur eure Adresse. Darum erlaube ich es mir, weil die Umstände schwerwiegend sind.

Zeno ist nicht mehr bei uns.

Sie haben ihn mir auf der Türschwelle erschossen, als wir gestern gerade angekommen sind. Wir mussten seine Mamma auffangen. Wir haben den Krankenwagen gerufen für sie, für ihn aber nicht, das war unnötig.

Es tut mir sehr leid, dass ich euch diese Unannehmlichkeit schriftlich mitteilen muss, aber ich hab die Nummer nicht im Telefonbuch gefunden, vielleicht steht nur der Name von eurem Mann drin. Der Direktor wollte euch über die Feiertage nichts sagen.

Ich weiß nicht, ob sie es in den Nachrichten gebracht haben, weil Zeno kennt keiner. Aber ihr und ich doch.

Hoffen wir, die Madonna kennt ihn auch.

Ich bete, dass sie ihm gnädig ist, auch wo er jetzt tot ist.

Viele Grüße
Franco, der Vollzugsbeamte